LE BAISER
DE LA PIEUVRE

PATRICK GRAINVILLE

LE BAISER DE LA PIEUVRE

ÉDITIONS DU SEUIL
27, rue Jacob, Paris VIe

ISBN 978-2-02-100019-1

www.editionsduseuil.fr

Le Rêve de la femme du pêcheur, Hokusai, Katsushika (1760-1849)

La nuit venue, l'adolescent s'approcha comme d'habitude de la maison de Tô. Il guetta la jeune veuve, surprenant sa silhouette qui passait devant la fenêtre dans le halo de la lampe. Il ne distinguait rien de précis malgré le clair de lune, mais un bruissement, un mouvement de lignes, un volume ondoyant, une ombre de délice. Il écouta la jeune femme aller et venir, toucher des objets familiers, boire une dernière fois, avant de se coucher. Il entendit un froissement léger d'étoffe, de pagne défait. Puis le craquement de la couche. Et la lampe s'éteignit.

Une forte chaleur submergeait encore le village. Un parfum de vase et de roseaux venait de la lagune. On n'entendait plus que les clapotis, la soie de l'eau. Et l'adolescent resta ainsi suspendu à écouter encore la maison de Tô endormie.

Soudain le sol tressaillit. De la mer montèrent un grondement sourd, un roulement des fonds. Puis la terre palpita en deux pulsations vives. Le toit de la maison pencha, une partie bascula. Après un moment de saisissement et d'angoisse, l'adolescent se précipita pour porter secours à la jeune veuve. Elle n'avait pas poussé un cri mais il perçut un court gémissement. Il se saisit du panneau à demi effondré, le souleva, le déplaça. Dans le phare de la lune, il découvrit la nudité de Tô. La vision le frappa : toute la peau blanche et l'angle noir.

Elle demeura un instant sur sa couche, dans la stupeur de la lune éclatante et du toit béant. Des appels retentissaient dans le village alentour, les gens jaillissaient des maisons. Il l'aida à se lever. L'épanouissement des cuisses traversa son regard, la rondeur des mamelons, leurs bouts foncés. C'est plus tard qu'il se souvint de ces détails. Mais, tandis qu'il s'empressait, il n'avait eu l'impression de ne fixer aucune image de Tô. Elle se ceignit d'une étoffe et sortit avec lui.

On avait entendu un souffle, une grande rumeur de l'autre côté de l'île, derrière la masse du volcan. Des bébés pleuraient dans les bras de leur mère. Les vieux s'appuyaient sur leur canne sans rien dire. Des garçons couraient de tous côtés à la recherche des porcs et des buffles qui s'étaient enfuis de panique. Mais le village n'avait pas subi de dégâts sérieux. On connaissait les caprices et les colères du volcan Gû. La lagune brillait, à peine plus agitée de vagues. On voyait les halos des lampes se balancer sur les pontons et le long du rivage parmi les exclamations des pêcheurs.

Ce furent la première surprise et la vision blanche qui s'incrustèrent dans l'esprit de l'adolescent, entaillant son être même. L'onde de la peau laiteuse, le sombre pubis. Les perceptions plus précises des cuisses, des seins, de l'ovale sinueux des fesses qui lui revinrent plus tard ne parvenaient pas à faire corps avec l'éblouissement initial. Elles en étaient désaccordées. Elles-mêmes restaient isolées les unes des autres. Elles surnageaient avec un relief poignant. Mais il ne réussissait pas à les composer dans une vision unique et harmonieuse de la femme qu'il avait désiré voir nue depuis l'enfance, son premier trouble.

Ainsi il resta la proie de la fulgurante hallucination de la nudité de Tô qui l'avait subjugué quand il avait soulevé le couvercle du toit. Toute la substance de son cerveau, de ses nerfs fut livrée à ce velours de lumière. Il en fut violemment pénétré, pétri. L'empreinte de Tô immaculée, immobilisée d'effroi, son signe nu, le vaisseau de sa chair tatouée de noirceur.

Lui, on l'appelait le bel adolescent Haruo et elle, la jolie veuve Tô. C'était une coutume du village de Kô que de souder, dans un même bloc, le nom et les attributs d'une personne. Ainsi on disait : le mari Osamu, l'épouse Satô, l'étranger Allan, le vieux sage Ogi, Hô le très saint ou Hô le rieur géant… Le volcan Gû, la mer de Mâ ou l'île de Naoya…

Le lendemain, un homme accourut des marais où les villageois possédaient des huttes saisonnières pour se mettre à l'affût des cerfs. Ils gardaient aussi quelques barques amarrées le long des fossés. Sur cette côte qui s'enroulait autour du volcan, une grosse déferlante avait pulvérisé les huttes, retourné et broyé les barques. Les pêcheurs se rendirent sur les lieux en coupant par la succession infinie des rizières.

Des épaves fracassées, des monceaux d'algues, de branches, de roseaux, de galets s'entassaient au sommet d'une série de dunes tortueuses que la mer venait d'ériger en une nuit. Et là, arrivés entre deux versants de sable et de boue, ils poussèrent un cri. La vague de fond dans sa fureur avait arraché la bête à sa tanière marine, l'avait propulsée dans sa course et crachée au milieu des débris. Ils virent la pieuvre.

Coupée de la mer par les deux barrages, échouée dans la vase, elle semblait avoir perdu tout sens de l'orientation, mais rampait, divaguait sur place, à moitié assommée. Les hommes et les femmes du village regardaient le colosse rougeoyant et violacé. Le crâne et le corps s'amalgamaient en une bosse protubérante, obtuse, toute marbrée des sueurs de la mer, constellée de détritus, de sable, de gadoue. De grandes membranes festonnées, tendues en éventails unissaient à la masse centrale et compacte l'arsenal des huit tentacules. Le monstre faisait six à sept mètres de long. Il bougeait, bourgeonnait dans un pullulement d'organes hypertrophiés. Une trame compliquée de filaments veineux habillait le volume de la bête, s'étirait le long de ses membres armés d'une double rangée de ventouses. La totalité du derme avait une texture écorchée de muqueuse. La pieuvre se ramassait, se repliait, oscillait, puis lançait ses bras verruqueux en tâtonnant dans une direction, puis une autre. Une sorte de siphon latéral tel un tronçon d'aorte se spasmait, écumait, dans un bruit de succion et de souffle suffoqué. La pieuvre gonflait son immense sac ballonné, vasculaire, cette tumeur de son dos, de ses flancs dont les peaux mouchetées de roux, de pourpre et de mauve se déployaient, se convulsaient dans le rayonnement du matin.

Hô le très saint s'approcha de l'animal qu'il écouta longuement. Il fit le tour du corps qu'il évaluait de tous ses sens profonds. On eût dit qu'il respirait l'odeur de la pieuvre. Un moment, il se pencha et osa toucher l'ampleur du colosse visqueux. Tous les tentacules esquissèrent un assaut convergent vers la main du moine. Toute une brassée de lianes et de cordes rutilantes et véloces. Hô se retourna vers ses compagnons et révéla, en riant, qu'il s'agissait de la pieuvre Oryui. Ce n'était pas un rire de dérision ni un accès d'hilarité, c'était le langage de son âme, sa tonalité et sa couleur. Une gaieté perpétuelle et surnaturelle, doublée d'une douce ironie. Oui, Oryui, c'était elle ! Le grand moine exhalait une stupeur bienheureuse. Puis il entra dans un silence immense comme un songe.

Personne n'avait jamais entendu ce nom. Hô expliqua plus tard au bel adolescent Haruo et aux autres que l'existence de cette espèce de pieuvre géante du Pacifique n'était attestée que par de vieux récits que racontaient jadis des moines marins, errants. Pourtant les pêcheurs de Kô entendaient cette histoire de moines venus de la mer pour la première fois et ils n'avaient jamais vu un mastodonte de la taille de cette pieuvre.

C'étaient les deux yeux surtout qui fascinaient, placés de chaque côté de la tourelle jumelée du crâne sous deux bourrelets pareils à des arcades sourcilières. Deux prunelles étroites, horizontales, extraordinairement vigilantes dans les coques des paupières. La pieuvre Oryui guettait les intrus, elle tournoyait lentement, basculait sa hotte pléthorique et molle, glissait en reptations amples ou saccadées, se haussait sans jamais lâcher du regard les hommes qui la cernaient. De ses grands yeux vivants.

Par les hasards de la cohue, la jolie veuve Tô fut poussée au premier rang des curieux. Ses yeux plongèrent dans le grouillement de l'hydre, sa rosace de méandres gluants. Et, tout à coup, elle vit les yeux haussés sur le bulbe du crâne. Les deux yeux intelligents qui fixaient les siens. Tô se détourna, changea de place. Mais un moment plus tard elle ne put s'empêcher de ramener son regard sur la pieuvre. Celle-ci la regardait toujours du fond de ses nœuds, de sa nasse vrillée. Ses prunelles, cerclées d'or, cillaient, dardaient sur le visage de la jolie veuve Tô. La jeune femme frissonna car il y avait quelque chose d'étrangement humain dans l'œil de la pieuvre Oryui qui s'ouvrait à l'avant de son corps de corail géant.

Du moment que Hô avait reconnu la pieuvre, personne ne songea plus à la tuer. Les hommes et les femmes du village restèrent ainsi à la regarder, partagés entre la fascination et la crainte. Quand Oryui faisait une embardée, tout le monde reculait. Peut-être avait-elle recouvré ses forces ou redoutait-elle le cercle de ces pêcheurs, car elle manifesta un grand sursaut de vie concentrée. Toute sa masse se tendit vers le versant de sable et de débris. Les tentacules projetés en avant se cramponnèrent aux branches et aux galets. Et la bête ramassa, hissa sa bourse dilatée. Les bras s'enroulaient de tous côtés et de plus en plus haut. Les yeux contrôlaient l'acrobatique manœuvre et l'obèse substance glissait avec une fluidité merveilleuse. L'obstacle n'existait plus. Le moine riait. Oryui émergeait de la fosse, basculait à son sommet, descendait vers la mer, escaladait d'autres remparts moins conséquents. La pieuvre avançait avec une extraordinaire agilité, répandant sur la surface des sables labourés son large manteau de muqueuses et de reptiles. Elle entra dans les vagues. On ne vit plus que le bulbe de sa tête marbrée, mouchetée, que ses yeux effilés sous la cloque des paupières. Elle nagea dans la direction du volcan et des cavernes de la mer.

Les cabanes des chasseurs de cerfs furent reconstruites le jour même dans les marais. Et on répara la maison de Tô. Parfois le volcan grondait et une odeur de feu se mêlait à celle des vases. Les hommes ramenèrent deux cerfs qui s'étaient noyés, qu'ils dépecèrent et dont ils découpèrent la viande encore fraîche. On évoqua alors le solitaire qui, un beau matin, avait rompu toute relation avec le reste des hommes. Sans famille, d'un naturel sauvage, il s'était enfoncé dans les marais, dans ces confins dont la limite trouble était constituée par la forêt d'Oru et les contreforts du volcan Gû, leur face invisible du village. Les chasseurs et les pêcheurs n'allaient jamais jusque dans cette contrée peu giboyeuse et qui inquiétait les ancêtres.

Hô le très saint déclara aux villageois que le solitaire avait choisi son destin, loin des hommes et des moines, qu'il fallait respecter cette liberté même si elle paraissait peu compréhensible. Il était peut-être mort, peut-être vivant. Le retrouver de toute façon était une tâche désespérée, tant la région où il avait trouvé refuge était chaotique, mêlée de rocailles, de roseaux, d'étangs, de fondrières et d'îlots forestiers.

Deux jours plus tard, Tô, son amie Satô, Osamu, l'époux de cette dernière, Haruo et les autres rejoignirent les rizières. C'était le temps des labours. Il fallait ouvrir la terre mouillée pour les semailles. Haruo voyait Tô diriger la tête de son buffle tandis qu'à l'arrière Osamu conduisait la charrue... Depuis la mort de son mari, Osamu aidait Tô à cultiver sa parcelle. Le fessier de la bête massive et souillée se trémoussait dans l'effort, les cornes vastes s'élançaient vers le visage de Tô qu'effleurait le mufle baveux... Le bâti de bois fruste pliait le dos maigre et musclé d'Osamu, la lame du soc traçait une plaie de boue fraîche qui giclait sur ses mollets. Tô écartait son beau visage de la tête du buffle, tendue vers elle, obtuse et luisante, comme pétrie d'une adoration idiote. Et le volcan bleu-noir dominait la scène. C'était la montagne du monde qui tremblait doucement, ruminait ses foudres profondes au milieu des rizières charcutées, trempées, dont les mottes brunes brillaient jusqu'à la lisière de la forêt d'Oru. Au-delà, le disque de la mer cernait les paysages. Cette plaine liquide était aussi puissante que le volcan. Lui et la mer nouaient leur lien dans les abîmes. C'est lorsque les pêcheurs partaient sur leur barque et contournaient la montagne qu'ils voyaient la coulée continue de lave descendre lentement la pente en un serpentement gracieux et s'engloutir dans le flot fumant. Alors, les matières se confondaient dans un magma de cendres, de basalte liquide. Et l'avalanche tonnante croulait dans la masse des eaux rousses enveloppées de bleu sombre comme le volcan Gû. On disait que, sous les blocs noirs et brillants dont les arêtes perçaient la mer, des grottes s'étaient formées à des profondeurs incalculables, un réseau d'habitacles biscornus. Hô, en riant, avait révélé que tel était le palais de la pieuvre, le gîte d'Oryui. Dans l'alchimie des gaz et des courants, tout ce vomi d'escarbilles, de boulets, cette semence de la planète, ces fractures de feu du volcan, sa circulation d'entrailles. Un labyrinthe propice aux métamorphoses des pieuvres dont Oryui venait d'être la manifestation monstrueuse, le signe rougeoyant. Et le rire du moine n'en finissait pas de ruisseler comme un chant sagace et discret, tant l'univers semblait être à ses yeux une immense blague, la moquerie d'un mythe dont il aurait deviné la clé.

Soudain, le bel adolescent Haruo vit le buffle de Tô saisi jusqu'aux flancs dans une étendue de boue plus liquide au milieu de laquelle son corps musculeux et gluant remuait, tanguait, beuglait. L'animal essayait des contorsions, des ruades. La charrue sur laquelle s'arc-boutait Osamu menaçait de se renverser dans la pente. Haruo accourut, passa devant la bête dont il aida Tô à tirer le licol tandis qu'Osamu assurait de nouveau sa prise sur le mancheron. Haruo regardait le visage de Tô plissé et concentré, ses joues se creusaient, elle tremblait de fatigue. Il voyait ses mollets englués, gainés d'odeurs noires. Et lui revenait la vision de la nuit de l'apocalypse. Resplendissante, d'une visibilité si extrême qu'elle l'avait rendu aveugle.

Maintenant le corps de la jeune veuve s'était détaché de l'attelage extirpé du bourbier. Harassée, Tô étirait son échine. Haruo mesurait l'onde de son dos tendu, les hanches étroites et dures. Cambrée, elle se massait les reins, accentuant la cassure avec les fesses rondes, rejetées en arrière. Il tenta de la déshabiller en imagination, il disposait encore de ces perceptions partielles qui l'avaient assailli, au cœur de la fameuse nuit, seins, cuisses pâles, ventre, triangle d'une clarté de riz, gerbe noire du pubis. Mais, il ne retrouva pas l'originelle illumination, la fulgurante apparition. Ce n'était jamais Tô, la totalité détaillée de sa beauté. L'impossibilité de la voir, de la posséder dans le trésor d'une vision entière et permanente le tenaillait, lui aurait donné une pulsion de la mordre, de la tuer. Pour la dévoiler.

Il revenait chaque nuit assister au coucher de la veuve. A travers les fentes des chaumes et des roseaux et les lueurs de lampe, il devinait ses gestes rituels. La cinquième nuit qui suivit le séisme, il attendit, embusqué sur le rivage de la lagune où un corps adjacent de la maison se dressait sur pilotis, c'était la chambre de Tô. Non loin de cet endroit débouchait le bras d'eau qui reliait la lagune à la mer tandis qu'à l'autre bout du vaste bassin toutes les rivières de la montagne et des forêts affluaient. Les clapotis innombrables le berçaient, le museau de la mer glissait par secousses dans le fond calme et musqué du lac.

Tô avait dû s'endormir. Rien ne remuait. Et il était là, rêvant, perdu dans le sommeil immaculé de Tô, au milieu de la nuit criblée d'astres et enveloppée de l'éclat mystérieux des eaux. Peu à peu Haruo n'écouta plus le cœur de la maison. Les clapotis résonnaient avec la même monotonie contre la rive et les pilotis. Pourtant, une sorte de frisson régulier semblait se produire du côté du bras de mer. Un flux secret fondu à la cadence des eaux. Il scruta la surface tissée de myriades de mailles noires et brillantes. Quelque chose bougeait, ondulait, avançait, respirait. Il s'accroupit, rempli d'effroi. Une bosse ténébreuse émergea au ras de la vague et cela venait vers la maison de Tô. Sous les étoiles il vit la chose vivante, sa peau gluante, son crâne, sa tête, les sillons et les remous qui s'étendaient comme une traîne. La bête s'approcha d'un pilotis qu'elle enlaça de longs serpents vivaces. Et l'énorme masse sortit de la mer et regarda la maison. Le corps géant de la pieuvre.

« Oryui… » Le nom s'épanouit dans le cerveau d'Haruo. La crainte céda le pas à la stupeur. Et cela gravissait le pilotis, une gibbosité douce, entortillant ses lumineux lassos. Une immense voleuse de nuit aux prunelles d'or escaladait la maison, se hissait au niveau de la fenêtre dont elle écartait lentement les pailles, insinuant ses bras vers la chambre de Tô. Nul cri, nul signal ne sortaient de la bouche d'Haruo. Mais un enchantement terrible l'envahissait. Son œil adhérait à la pieuvre, à sa progression, à sa loi qui le débordait. Il était pris dans un courant qui montait des cavernes de la mer. C'était comme si le volcan Gû s'était penché sur lui pour lui murmurer le chant des feux et la pulsion des soufres, des laves sinueuses et dorées. Oryui faisait bloc avec la volonté du monde.

Il n'osa pas glisser un regard par une petite lucarne latérale qui faisait écho à la fenêtre frontale. Il resta collé à la paroi de claies. Dans la pénombre que pâlissait l'éclat des eaux réverbérées par les deux ouvertures de la chambre, il vit poindre le doigt, le tentacule lisse, son tâtonnement méticuleux, sensible. Le bras palpait les parois de la demeure. Puis un autre reptile surgit, s'étirant plus bas, cherchant, auscultant avec une agilité sagace, une compréhension de l'espace et de ses moindres contours. Un troisième ruissela doucement, de biais, avec la même intelligence. Toutes ces sondes exploraient, enlaçaient la chambre de Tô. Et la tête apparut, le corps s'engouffra, déformé, fuselé, visqueux, dans l'orifice béant de la fenêtre. Tout le volume orangé et rutilant coula vers le sol, se répandit, avança dans la pièce.

Tô reposait nue dans son sommeil, allongée sur le dos, au sein de sa chevelure épandue que perçaient les bouts noirs de ses seins. Tout à coup, Haruo comprit qu'elle était réveillée, paralysée, écartelée sur sa couche, dans l'écoute du froissement, dans la vision déjà des vivantes lianes qui parurent phosphorescentes au moment où la lune se montra de l'autre côté du volcan Gû. Elles venaient de toutes parts, voluptueuses et tenaces. Elles s'étoilaient dans la pénombre. Et le corps qui les commandait semblait flotter avec une légèreté aérienne, tel un nuage d'organes. Haruo entendit le bruit de gorge de Tô. Mais la terreur et la fascination le clouaient derrière la claie. Les rayons d'Oryui auréolèrent le lit et l'inondèrent de leur chevelure. Les cuisses étaient prises dans les anneaux, puis les épaules, les flancs. Le flot multiplié montait, submergeait Tô avec la délicatesse d'une plante arachnéenne. Un gémissement s'échappa de la bouche de Tô quand elle reconnut les deux yeux de la pieuvre fixés sur elle. Un cri étranglé tant se déployait sur sa peau blanche la voûte inconnaissable et douce des membres de la déesse. Les lobes se frayaient des sillons le long de ses seins, entre ses fesses, entre ses cuisses. Et c'était comme la nuit du séisme, le même ciel béant sur le tonnerre du volcan et de la mer, le même musc sauvage, toutes les bouches de feu des abysses lâchant leurs énergies liquides. L'île la recouvrait de ses entrailles et de son cœur. Tous ses sexes de braise s'ouvraient à elle. Et cela se glissait, entrait, la caressait, la prenait, la vrillait, l'élançait, faisait danser ses membres sur la roue d'une torture sans nom. Haruo ne pouvait plus distinguer le corps lunaire de la veuve de la fleur vorace et tentaculaire qui l'envahissait. Alors, ce fut un chant qui monta du magma de la couche, celui de la jeune veuve Tô tordue de délices.

Et ce chant rabattit Haruo au pied des pailles rêches. Ecroulé sous le coup de ce ravissement qui l'excluait de la vie, du centre du monde et de son radical mystère. Oui du vrai corps, du seul corps, du corps inouï de Tô. Haruo fut terrassé comme par la foudre de l'extase de Tô qu'il avait perdue à jamais dans ce nœud luminescent des peaux, cet écheveau gonflé de muqueuses ardentes, cette constellation qui faisait régner l'absolu de la bête inaccessible.

Tous les villageois de la lagune étaient en train de passer la terre labourée sous la herse afin de semer dans une matière plus fine. Les buffles gravissaient les premières pentes du volcan Gû aménagées en une succession de terrasses courbes, superposées en bracelets. Ces gradins méticuleux, ces bassins noirs et frais reliés par des canaux, ces myriades de colliers autour du formidable fût dilaté du volcan semblaient vouloir en amadouer la puissance. C'était un culte de paysans maniaques scarifiant le corps du monstre, le tatouant d'écailles et de squames régulières à mesure qu'on s'élevait et que la pente devenait plus abrupte. Les pieds et les mains nus des hommes et des femmes de l'île de Naoya piétinaient, trituraient, préparaient, ornaient les flancs du dieu. Une nuée noirâtre en couronnait la cime, ce cône décapité, béant sur les forges de la terre. Si l'on faisait le tour de la montagne, on dominait plus directement la mer. Là les ultimes rizières dessinaient des contours intermittents, irréguliers, puis s'arrêtaient net. Car, en dessous du cratère principal, une autre brèche s'ouvrait, en plein versant, tel un évent supplémentaire, une ouïe géante, écarquillée, rougeoyante de rubis dont la joaillerie fluait, épousait les accidents de la pente, usait de méandres entre les reliefs des ponces et des cendres, les croûtes jaunes des sulfures, jusqu'à l'explosion dans le brasier de la mer.

Ainsi le volcan Gû érigeait ses deux faces contrastées. L'une habillée de fines rizières qui l'escaladaient jusqu'à mi-pente et qui tissaient, quand le riz était vert, la parure, la prairie la plus vive, et l'autre dressée en une cheminée dégarnie, rude, rauque, revêtue de son manteau de suie et de soufres, criblée de trous de fumerolles, un désert qui semblait l'orée des enfers en étirant sa longue plaie, cette saignée par où s'évacuait un trop-plein de purulence et de fournaise.

Le bel adolescent Haruo regardait la jolie veuve Tô diriger l'attaque de la herse dans l'avalanche des mottes grasses, au milieu des éclaboussures. Osamu qui travaillait sur sa parcelle avait tardé à lui venir en aide et elle avait décliné l'offre d'Haruo qui s'était proposé pour le remplacer. Tô, en le voyant occupé dans son champ, lui avait assuré qu'elle pouvait commencer seule. Les bras blancs de la jeune veuve étaient tendus dans l'effort. Ses muscles et ses nerfs se tressaient et jouaient sous la peau. Cela formait, allongeait des foyers de forces ondoyantes qui remontaient jusqu'aux épaules. Les pectoraux et les seins se contractaient sous la blouse. Le buffle dandinait sa masse musclée, crasseuse, moirée de gadoue, au rythme de sa traction acharnée. Quand Haruo avait offert son aide à Tô, il n'avait pas osé la regarder dans les yeux. Il la craignait comme la prêtresse consacrée d'un culte orgiaque. Il se demandait s'il n'avait pas été victime d'une hallucination tant la veuve accomplissait sa tâche avec une attention monotone, confondue à la fourmilière laborieuse qui l'enveloppait. En fin de matinée, Haruo avait pris de l'avance et s'était arrangé pour que son propre buffle redescende en sens inverse de la bête de Tô qui gravissait encore sa pente. Là, il croisait la jeune femme. Son fin visage ivoirin traversait la coulée de cheveux de jais. Ses prunelles douces et noires se plissaient et brillaient, dirigées vers les yeux du garçon. Il ne savait pas quelle expression adopter. Ce fut elle qui écarta un pan fluide de sa chevelure, s'essuya sur le front des sueurs et des taches de boue, esquissant un sourire qui éclaira son visage fatigué, plus émouvant encore. Il lui rendit son sourire sans pouvoir échanger un mot. Il lui semblait qu'elle était saturée d'un silence prodigieux ou, au contraire, fécondée, gorgée d'un langage auquel il n'aurait su répondre. Et pourtant c'était la jeune et jolie veuve Tô attelée à sa tâche coutumière, arquée, humiliée au ras de la terre. La herse butait, déviait de sa route entre les diguettes. Le bœuf se tordait dans l'effort et elle s'inclinait avec lui pour forcer le passage et briser les mottes les plus grosses. Cette attitude laborieuse qui occultait la scène nocturne le bouleversait. Il quitta son buffle et accourut pour l'aider. Elle y consentit avec un geste banal de découragement. Il mesurait à quel point on pouvait cacher l'essentiel, une révolution radicale de l'être, la copulation avec la bête aux huit bras de corail, l'impossible étreinte avec cette peau venimeuse, ce bec des pieuvres capable de vous broyer le plus coriace des crustacés. Courbé sur la herse, de nouveau, il se mettait à douter de ce qu'il avait vu. Il craignait une sorte de folie, tant son amour et son désir de Tô, dans leur exaspération, leur frustration, étaient susceptibles de lui avoir infligé des dérèglements, des rêves éveillés, des visions et peut-être le plus beau des délires. A l'avant, elle avait saisi le licol du buffle et il ne distinguait pas son visage mais ses jambes élancées qui ouvraient le pagne, se mêlaient aux pattes noiraudes de la bête domestique.

Le matin, quand le travail avait commencé, il avait épié les villageois, pour deviner s'ils avaient perçu le chant de Tô. Il lui avait semblé qu'une des plus proches voisines de la maison, pourtant écartée des autres, lui avait adressé un petit sourire entendu. Haruo s'était toujours attaché à dissimuler ses visites aux abords de l'habitation. Mais personne n'avait pu ignorer que c'était lui qui avait dégagé le panneau écroulé lors du tremblement de terre. Peut-être que la voisine avait entendu monter la voix possédée, enchantée, de la jeune veuve et qu'elle en avait aussitôt conclu que l'auteur de cette sérénade surnaturelle était Haruo dont la beauté extrême pouvait, en effet, susciter un pareil hymne de gratitude. Car toutes les femmes de Kô chuchotaient sur la pureté de son visage, sa taille plus haute que celle de tous les autres habitants de l'île, son élégance naturelle, sa souplesse de danseur, sa finesse de fille et son menton volontaire, ses mollets galbés d'homme. Mais ce qui les fascinait était les longues cuisses du garçon qu'il découvrait, quand il échangeait son pagne contre un short. Alors elles sortaient discrètement des maisons sur tel ou tel prétexte rustique : puits, volaille, riz... pour voir fuser les cuisses extraordinaires, si longues, si harmonieuses, si blanches... Et la mère d'Haruo se rengorgeait en les voyant faire. Car elle vouait à son fils un culte aveugle qui n'était que l'expression de ses propres rêves et de sa volonté.

Haruo, de retour dans son champ, ressassait les questions qui le tourmentaient et sa peur de sombrer dans la folie. Il aurait voulu en parler à Hô le très saint et que la folie légère et perpétuelle du rire du géant chasse la sienne qui était viciée de fantasmes, d'angoisses, de passion tortueuse et jalouse et s'ouvrait sur l'abîme.

Alors, tous reconnurent le bruit de moteur, de sécateur véloce. Ils virent loin au-dessus de la mer poindre l'hélicoptère. La machine s'approcha, opéra un tour complet de la cime du volcan puis vira plus bas pour les survoler. Ils reconnurent à côté du pilote le visage d'Allan qui leur adressa un signe auquel ils répondirent. Comme chaque année, à la même saison, le naturaliste revenait pour un séjour de cinq mois. Il allait s'installer seul dans la forêt d'Oru, planter sa tente et poursuivre ses recherches sur les dernières panthères. Depuis plusieurs années les témoignages concernant ces félins se raréfiaient. Ils ne s'approchaient plus des villages pour attaquer les buffles et les cochons. Les chasseurs de cerfs des marais ne retrouvaient plus la dépouille déchiquetée des animaux hissée au sommet des arbres. Les contes cruels des ancêtres sur les rapts et les meurtres des prédateurs étaient devenus des récits quasi légendaires. Mais Allan revenait pour observer, étudier, dénombrer. Il était dépêché dans cette mission par les autorités continentales et lointaines dont l'île dépendait. Au début, les paysans pêcheurs n'avaient guère apprécié l'arrivée de cet étranger blond, bouclé, barbu, élancé qui avait atterri dans la forêt d'Oru. Lieu peu fréquenté par les villageois qui y redoutaient l'emprise d'esprits maléfiques dont la survivance se mêlait dans leur esprit à la pratique du bouddhisme. Allan n'était pas un type exubérant et ses rapports avec la communauté se bornaient à des échanges formels qui s'exécutaient, la plupart du temps, par l'intermédiaire des moines. Leur monastère était en effet installé dans une série de grottes aménagées à la lisière orientale de la forêt d'Oru. Allan venait rarement dans les villages mais les moines se chargeaient d'apporter ses présents : des stylos, des tee-shirts, des tissus, quelques shorts pour les hommes, des miroirs, des outils. L'hélicoptère qui déjà transportait le matériel d'Allan ne pouvait guère supporter d'encombrement supplémentaire. Les habitants de Kô n'aimaient pas Allan. Les hommes se méfiaient de lui en l'admirant en secret. Il suscitait chez les adolescents, dès le vacarme de l'hélicoptère, un élan de passion curieuse. Les femmes se taisaient, mais certaines avaient laissé percer leur émotion. Des bruits plus précis circulaient sur Satô, l'amie de Tô qui vivait à l'extrémité opposée du village. Quand Osamu et les autres hommes de Kô partaient la nuit pour une expédition de pêche au-delà de la barrière de corail, des témoins auraient vu la silhouette d'Allan se glisser dans la maison de Satô. La dernière panthère de Naoya à la pelisse blonde mouchetée d'or, c'était peut-être lui.

Haruo avait noué avec l'étranger des liens d'amitié. L'adolescent, un moment, avait été tenté par la méditation et la vie communautaire des grottes. Les crises d'un mysticisme juvénile alternaient chez lui avec les élans du désir. Autour de ses quinze ans déjà il avait senti que son amour pour la jeune veuve était impossible tant elle lui paraissait malgré sa jeunesse plus mûre que lui. Elle était la veuve d'un des pêcheurs les plus audacieux de l'île dont on vantait les exploits. Une nuit il avait disparu dans un violent orage. Tô semblait inconsolable. C'est alors qu'Haruo commença de se glisser le soir auprès de sa maison pour entendre ses gémissements et la mélodie de ses pleurs. Et, c'est dès cette époque que son amour prit un tour qui lui inspira du trouble et de la honte. Car la tonalité de la tristesse de Tô, le chant de son malheur, les exquises sonorités qu'il suscitait produisirent chez lui un afflux paradoxal et monstrueux de désir. Jusqu'ici il n'avait vécu que dans l'émerveillement de l'amour pur.

Il espéra un apaisement de la fréquentation des moines. Il allait voir Hô et le regardait peindre. L'envol de l'encre lui paraissait un miracle. Surtout la richesse et toutes les nuances de l'art de Hô. Il l'avait observé aussi longuement lors de ses méditations devant la statue de la déesse Kannon, l'avatar féminin du Bouddha, à laquelle l'île était dévouée. Il devinait que les pouvoirs de la passion pouvaient être égalés par les puissances de l'art et de la prière. Un jour qu'il vit l'adolescent particulièrement angoissé, Hô lui avait révélé en riant qu'un même mouvement continu unissait les aspects apparemment les plus contrastés des choses et que ce qui le blessait, le torturait, n'était qu'une forme momentanée appelée à se fondre dans des transformations fluides. Et l'encre qui fusait du pinceau et traçait le paysage vaporeux de Naoya – de la mer de Mâ au sommet du volcan Gû – vérifiait la parole du moine.

C'est la même année qu'Haruo rencontra Allan venu chercher du riz chez les moines. Ces derniers, chaque matin, faisaient, en file indienne, le tour des villages et recevaient leur portion de riz et de poisson dans leur bol. Avec Allan, le rituel s'inversait et les moines offraient ces victuailles fraîches à l'étranger. En échange, il leur apportait des fruits de la forêt, des fleurs rares pour la déesse Kannon ou des bougies, quelques ustensiles... Les moines de Naoya ne menaient pas une vie trop ascétique. C'étaient des moines vifs et rieurs. Souvent capricieux. Ils allaient se baigner nus dans les sources chaudes. Leurs prières les reliaient à toutes les douceurs de l'île.

Haruo fut heureux de l'arrivée d'Allan dont il espérait être distrait de sa passion. Avant d'aller voir Hô comme il l'avait décidé, il prit la direction de la forêt où Allan commençait son installation annuelle. Quand il vit apparaître Haruo dans le rayon de lumière qui perçait la clairière, il fut frappé de surprise. En un an le jeune homme qui approchait maintenant de sa dix-huitième année avait encore grandi. Ses formes et ses traits étaient plus polis. Il avait perdu ce reliquat de matières et de manières mal dégrossies de l'enfance. Peut-être que les révélations récentes de son amour lui donnaient un éclat intense et inexplicable. Allan trouva que sa peau était remplie de lumière. Haruo portait un short américain qu'il lui avait offert l'année passée. Comme il avait forci, l'étoffe le galbait de façon plus étroite. Et les cuisses nues du garçon modelées comme des lingots lui inspirèrent le même trouble qu'avaient ressenti les femmes de Kô.

Allan avait dressé sa tente dans l'anfractuosité des racines du banian géant qu'il affectionnait. C'était un ficus étrangleur qui s'était presque entièrement débarrassé de l'arbre qu'il avait patiemment parasité, étouffé, vampirisé, épuisé. Une grande vrille de ramures énormes s'élançait vers le ciel autour du vide qu'elle avait creusé. C'était un fantastique toton qu'étayaient d'autres racines géantes érigées comme des orgues, s'épaulant les unes les autres, se chevauchant, déployant autour de la fosse centrale une montagne d'arcs-boutants et d'anneaux de pythons. La tente était logée à l'entrée des cavernes sombres de l'arbre. Le matériel était encore éparpillé dans la clairière. Mais ce qui fascinait par-dessus tout Haruo était l'ordinateur d'Allan, ses images du monde entier. L'année précédente il avait passé des heures à en apprendre l'usage sous la direction du savant. Ce dernier pouvait manifester une grande patience, mais tout aussi bien s'énerver, se lasser, interrompre la séance. Le garçon redoutait ces changements d'humeur. Il y avait chez ce sportif aguerri, ce savant méthodique tout occupé à ses explorations, parfois quelque chose de rentré et de violent qui s'échappait de façon imprévisible pour Haruo. Une anarchie bouillonnante qui soudain prenait le dessus, une sorte de cruauté qui perçait et qui fascinait aussi. Car Allan, dans ses moments de crise courte, révélait une beauté presque convulsive et aveugle. Sa crinière blonde l'auréolait. Ses yeux d'un bleu clair viraient au violet foncé comme des joyaux de rage. Comment Hô, le très saint, aurait-il fait entrer un avatar si brutal dans la danse sans accroc ni heurt des flux et des formes sensibles de l'encre ?

Le lendemain, Haruo débarqua à l'aurore, dans le campement d'Allan qui l'avait invité à une chasse au cerf. Il lui fallait un appât frais pour attirer la panthère de Naoya. Allan se baignait nu dans la rivière. Il avait lissé sa crinière sur les contours du crâne. Les boucles de sa poitrine se doraient dans des éclaboussures d'eau et de soleil rouge. Il plongeait, il nageait avec vigueur. Il exhibait ses couilles, sa verge plus longue, plus rose que celle des hommes de Naoya. Haruo éprouva un secret sentiment d'exil devant l'exubérance d'Allan, le voyageur, sa liberté, ses pouvoirs, les mystères de la vie qu'il menait lorsqu'il avait quitté l'île. On voyait qu'il avait choisi cette vie. C'est ce qui émerveillait Haruo. Allan lui fit signe de le rejoindre en s'écriant :

– Avant la chasse, un bain purificateur est toujours nécessaire !

L'année précédente, Haruo avait pu constater qu'Allan inventait des mythes et des rituels à sa guise. Il connaissait bien les coutumes de Naoya mais, la plupart du temps, comme il n'avait pas à traiter avec les habitants de l'île, il n'avait pas non plus à se plier à leurs usages, à leurs superstitions. Aussi fabriquait-il les siens selon les circonstances et ses intuitions singulières. Mais ce qui fascinait Haruo, qui était avec Hô l'un des rares à le fréquenter, était que ces rituels se paraient immédiatement d'une crédibilité forte, comme si Allan était allé chercher ses gestes dans quelque fonds collectif, plus vaste et plus varié que ce que pouvait proposer l'île seule. Allan avait beaucoup voyagé, beaucoup lu, ce qui le rendait si impressionnant.

Haruo hésita et eut honte de sa pudeur. Alors il se débarrassa de sa chemise et de son short en un tournemain. Il plongea dans les bouillons de la rivière, puis glissa vers une zone d'ombre sur laquelle planaient les ramures de la forêt d'Oru. Allan voyait onduler le remous de ses formes blanches, presque phosphorescentes dans la nuit de l'eau. Allan se rapprocha du garçon, exécuta une cabriole qui l'éclipsa sous la surface. Haruo sentit contre son ventre et ses cuisses le frôlement soyeux des membres du nageur.

Ils sortirent de la rivière. Allan apporta des serviettes. Et quand Haruo fut bien essuyé, sa pulpe rendue plus vierge, purifiée par le bain, Allan, avec un étonnement qui ne semblait pas feint, tendit la main vers le flanc immaculé de l'adolescent, comme pour vérifier la réalité de son éclat et de sa beauté. Haruo sentit la caresse descendre jusqu'à sa hanche, presque sur l'arrondi de la fesse. Allan suspendit son geste à temps. Puis il tourna les talons pour aller chercher son attirail de chasseur.

Il était armé d'une carabine et d'un couteau passé dans la ceinture de son short. Il portait une paire de jumelles accrochée à son cou. Ils partirent dans la forêt d'Oru. Haruo mesurait à quel point Allan en connaissait les pistes, les obstacles et les détours. Les paysans de l'île, à la fois pêcheurs en mer et chasseurs des marais, avaient perdu peu à peu l'usage de la forêt d'Oru qui gardait à leurs yeux une réputation noire. Seul, le solitaire qui avait quelque peu sombré dans l'oubli s'était risqué aux confins des marais et des bois. Allan ne l'avait jamais rencontré, car il ne poussait pas ses explorations dans cette zone ingrate, confuse et peu giboyeuse, attenante aux contreforts abrupts du volcan Gû.

En revanche, il aimait la luxuriance d'Oru, il en appréciait chaque fourré, butte, taillis et la saillie partout des grands ficus et des arbres sauvages et fleuris. Il devinait les oiseaux bien avant Haruo, il identifiait l'alerte des singes, lui montrait les mygales et les insectes, repérait les traces des cochons sauvages.

Le garçon questionna Allan sur les dernières panthères de Naoya. Les années précédentes, Allan semblait éluder le sujet, comme si des informations risquaient de mettre en danger l'espèce. Pourtant, Haruo savait que les habitants de Kô ne chassaient plus ce félin hypothétique. Allan lui répondit avec une volubilité rare de sa part.

– Elles sont fines, très secrètes, de petite taille, mais musculeuses, vives, rusées, méfiantes... Leur pelisse est d'un jaune roux, profond et chaud, tout tacheté de larges ocelles noirs. Elles sont solitaires, ne se rencontrent que pour l'accouplement.

– Tu en as vu beaucoup ?

– Quelques-unes seulement, la nuit.

Ils arrivèrent dans une région de la forêt qui commençait de se confondre avec la lisière des marais. Allan ne voulait pas empiéter sur les territoires de chasse des insulaires. Il évita d'entrer dans l'étendue spongieuse, hérissée de roseaux, de futaies de bambous vert tendre. Il resta sous le couvert des grands arbres. Les cerfs des marais n'hésitaient pas à faire de petites incursions dans la forêt. Allan découvrit des traces, des excréments qu'il manipula pour apprécier leur fraîcheur. Il sautelait entre les troncs et sur les mousses avec une légèreté animale qui peignait sur sa face l'expression d'une jouissance concentrée. Il ne parlait plus. Il se contentait de signes et d'œillades adressés à son comparse. Ils débouchèrent au-dessus d'un ravin piqueté d'arbrisseaux. Allan s'était mis à ras du sol en intimant à Haruo l'ordre de l'imiter. Armé de ses jumelles, il explorait les recoins du ravin. Il y avait une jolie chute d'eau qui dévalait le talus à trois ou quatre cents mètres sur la droite. Allan passa ses jumelles à Haruo et celui-ci découvrit, au pied de la cascade, entre les taillis, une harde de cerfs éparpillés, planqués par la végétation et des rochers. Les deux hommes s'écartèrent un peu de la crête du ravin et se faufilèrent entre les arbres pour arriver à portée du gibier. Allan, courbé et silencieux, serpenta vers le bord du ravin, sans produire le moindre froissement de feuillage. Sa face offrait encore cette expression de jubilation un peu bestiale et figée. Quand Allan se coula dans l'échancrure des ultimes fougères, Haruo resta en arrière. Il vit le chasseur scruter en contrebas. Puis lentement épauler, chercher, attendre. La détonation claqua. Allan se retourna vers Haruo pour qu'il accoure. Les autres cerfs avaient déjà disparu. Seule, une masse rousse gigotait au bord de l'eau. Puis elle se débattit davantage, tentant de se relever. Allan ne tira pas une seconde fois. Il dirigea ses jumelles vers sa proie et dit :

– Je lui ai sectionné une patte. C'est suffisant.

Ils descendirent dans la rocaille du ravin. On entendait le grondement du torrent. Quand ils arrivèrent plus près de leur proie, celle-ci essaya de se redresser, elle sautilla sur trois pattes, réussit à zigzaguer, puis dérapa, s'écroula, haletante, accroupie maintenant. Haruo s'étonnait qu'Allan ne lui destine pas le coup fatal.

– Il me faut économiser mes munitions. Je dois tenir cinq mois!

Il avait dégainé son couteau. Soudain il fondit sur le cerf terrassé, le saisit à la gorge au moment où dans un soubresaut il réussissait à se relever. Il l'étranglait tandis que la bête galvanisée lançait des espèces de ruades blessées, se contorsionnait entre les bras du chasseur qui se gardait des dagues acérées des bois. On eût dit qu'Allan savourait cette étreinte brutale au lieu de plonger sans délai le couteau. L'homme éprouvait sa force, son pouvoir. Il aimait sentir les remous musqués de sa proie, entendre son brame rauque, saccadé. D'un coup il égorgea le cerf. Agrippé à lui dans un corps à corps ultime. Le sang giclait. L'œil du cerf roulait dans l'écarquillement blanc de sa cornée. Allan serrait, enfonçait le couteau dans la toison rousse. L'animal s'effondra. Allan se retourna vers Haruo. Ce dernier le vit maîtriser la grimace un peu hagarde qui lui déformait la face. Il était à bout de souffle, ruisselant de sueur. Il dégagea sa chemise. Et sa toison dorée fit écho à celle du cerf. Il approcha d'Haruo sa main ensanglantée. Et sur le haut de la cuisse gauche et très blanche du garçon il traça un cercle cramoisi en riant doucement. Ce n'était pas le rire d'Hô mais une sorte de jeu provocant et cynique, comme s'il avait voulu marquer une nouvelle proie plus belle, presque intouchable.

Ils revinrent en traînant le cerf sur une litière de branches. Haruo repensait à la scène. Il avait toujours vu les hommes de Naoya égorger les bêtes. Les porcs, les buffles lors des fêtes et des offrandes. Mais Allan se distinguait d'eux par un mélange de complaisance carnassière, de sadisme délicat et vigoureux. Un assaut de sang-froid concentré et de malignité orgiaque. A la fois, ce caractère répugnait à Haruo tout en exerçant sur lui une attraction contre laquelle il tentait de se défendre. Au moment de l'étreinte blessée, voluptueuse, le garçon avait été traversé par la brève vision de la pieuvre, de son entrelacs fantastique avec la pâleur pantelante de Tô.

Le crépuscule tombait quand ils rejoignirent le camp. Allan révéla que, cette nuit, il irait disposer l'appât. En attendant il alluma un feu et procéda au réchauffement de diverses conserves. Il aurait pu tailler un gigot de cerf mais il avoua à Haruo qu'il ne touchait jamais au gibier destiné aux panthères de Naoya auxquelles il fallait servir une dépouille intacte. Comme cela arrivait souvent avec les propos d'Allan, Haruo se demanda si cet usage était une obligation permanente qu'il s'était, en effet, fixée, en raison d'un nouveau rite propitiatoire ou s'il n'avait pas imaginé cela, ce soir, pour étonner, dérouter son compagnon.

Le banian géant bruissait de mille rumeurs dans le vent qui s'était levé. L'ombre lui donnait des airs de Babel et de Brocéliande. Allan expliqua à son ami la signification de ces mots. Comme d'habitude, ce savoir alluma dans les beaux yeux du jeune homme une admiration de braise. Les enroulements du ficus, ses serpentements de matière souple comme de la peau de varan, ses fûts multiples, la pagaille de ses cordes, de ses lianes, la voltige de ses bras de danseur colossal les enveloppaient d'une puissance tentaculaire.

– Tu sais, Haruo, là-dedans, il y a tout! Un univers dont on ne peut répertorier toutes les espèces : scarabées, vermines, araignées, fourmis, guêpes, rats roux, oiseaux, calaos, roussettes, et de temps en temps un boa doré...

Alors, cela fusa de l'arbre, de son dais dédalien, de ses cavernes célestes, de ses boucles, de ses arabesques obèses et de ses lacis les plus sveltes. La vaste architecture se mit à lâcher les roussettes par centaines. Allan adorait les bêtes de nuit. Il avait une préférence marquée pour les roussettes. Elles tourbillonnaient au-dessus du banian comme un volcan de gros lambeaux de suie. Leurs grandes ailes arquées de vampires battaient en tous sens, s'entrecroisaient, se rameutaient en essaims. Elles remplissaient le ciel d'un fourmillement d'apocalypse. Allan était ébloui. Haruo, habitué aux roussettes, ne partageait pas son enthousiasme mais la béatitude qui inondait le visage de son ami, cette fois, resplendissait d'une innocence lisse, détendue, éthérée. Le charme terrible d'Allan avait sa source dans cette capacité de métamorphose. Il séduisait soudain avant de se replier dans des silences qui paraissaient alors arrogants, dédaigneux, ou qui relevaient d'une autre espèce encore. Des silences qui creusaient ses traits, les vrillaient jusqu'au tréfonds du secret. Il ne parlait quasiment jamais de sa vie intime, de ses amours. L'année précédente, peu avant son départ, il avait fait allusion à des femmes d'un air las. Puis il s'était mis à ricaner doucement et avait prononcé le prénom de Diana, comme cela. Pour troubler Haruo, lui laisser ce seul message d'un monde qu'il ignorait, le pays d'Allan, l'amant mystérieux. Allan, le roi, le Robinson, le rôdeur d'Oru.

La nuit qui suivit celle de l'appât, Allan se glissa dans le village de Kô. Les pêcheurs, dont Osamu, étaient partis sur la mer. Satô avait confié ses deux enfants à une voisine complice et ouvrit à Allan. C'était une femme un peu courte et rustique, aux cheveux longs. Elle avait un beau visage sensuel aux lèvres ourlées. Des yeux noirs et chauds. Elle respirait l'audace, tous les culots. Elle se dressait déjà nue devant le voyageur, tendait ses mamelons forts pour une fille de Kô. Elle était très cambrée et sa croupe se détachait compacte et ronde à la racine d'un dos très souple. Sa toison était drue, d'un noir brillant dont elle rebroussait les épis avec ses doigts en souriant.

Haruo, quand il la comparait à Tô qui était sa meilleure amie, la trouvait beaucoup moins belle, presque triviale, turbulente et gourmande, effroyablement menteuse.

Ils basculèrent sur le lit sans se parler. Elle grimpa sur lui. Il empoignait les seins entre les pans de son épaisse chevelure luisante. Ils firent l'amour ainsi un moment, puis sans qu'il le lui demande, elle se retourna pour qu'il puisse manipuler ses fesses riches et rondes : ce qu'elle avait de plus beau. A la base du dos qui dansait, les deux roues s'écarquillaient, saturées d'énergie rythmique. Allan grognait, Satô grognait. Ils aimaient se manifester leur désir en grognant. Haruo, un jour qu'il vagabondait dans le village nocturne, avait déjà surpris les bruits de Satô amoureuse dans les bras d'Osamu ou d'un autre. A présent, cela s'accélérait dans un déchaînement glouton. C'était Satô. Sa marque, son souffle. Sa jouissance. Tout en elle trahissait son goût de la chair. Ses lèvres retroussées. Les pointes gonflées de ses seins. Satô faisait bander tous les hommes de Kô. Elle n'avait pas manqué de fixer des yeux le bel adolescent Haruo. Proie idéale, gibier délectable. Il s'était toujours esquivé, apeuré par cette voracité rieuse et volubile. Il venait d'avoir quinze ans qu'elle lorgnait son ventre découvert sous son tee-shirt que retroussaient les tractions tortueuses imposées par la conduite des buffles ou la sortie d'un seau du gouffre du puits. Sa peau miraculeuse sous les prunelles béantes de Satô, sa chair de poisson argenté. Haruo se demandait comment Tô pouvait s'entendre avec une personnalité aussi fougueuse et retorse. Mais c'était justement cette différence de caractère qui les rapprochait. L'une trouvait dans l'autre ce qui lui manquait. Il arrivait que Satô voulût être mystérieuse et pure. Tô parfois rêvait à un toupet robuste. Satô parlait toujours. Tô qui était silencieuse avait goûté au bonheur d'écouter.

La panthère de Naoya n'avait nullement été attirée par l'appât. Allan ne vit de la nuit l'ondulation de l'animal hypothétique. Il se rattrapait avec la cambrure de Satô, puissante et élastique, ses accélérations scélérates, ses grivoiseries souveraines. Ils se saisissaient et ils se frappaient, s'embrochaient, se dévoraient. Satô aimait le jus d'Allan, ce dernier avalait les intarissables fontaines de Satô. Ils se mordaient, se fouettaient, bavaient dévotement l'un sur l'autre, retroussaient leurs lèvres sur des canines de fauves. Ils jubilaient de leurs métamorphoses. Ces deux mythomanes se régalaient de leur numéro virtuose, ils surenchérissaient d'invention dans les rebondissements de leur feuilleton goulu. Parfois éclatait un coup de théâtre : un glapissement de douleur ou de délice à la place d'un grognement mais la base houleuse, profonde, saccadée, orageuse, organique était grasse. Ils confondaient appendices et orifices, retournant l'homme en femme et cette dernière en cosaque carnivore. Et peut-être que les porcs domestiques qui pullulaient dans le village de Kô leur répondaient, verrats lubriques et truies tendres croyant reconnaître l'hymne de leur espèce.

La chambre d'Haruo était séparée de celle de ses parents par la pièce d'habitation principale. Il avait erré autour de la maison de Tô et quand il était rentré, sa mère n'était pas couchée. Elle le regarda longuement sans rien dire. Il ne trouvait pas le sommeil et se demandait si Tô était endormie ou rêveuse, yeux grands ouverts dans le rayonnement de la nuit ? Haruo était trop éloigné de l'habitation de Satô, située à l'écart, à l'extrémité opposée du village, pour ne rien entendre de la fanfare de ménagerie. Cette relégation aux deux bouts de Kô reliait justement les deux femmes derrière leurs apparences inconciliables. Satô avait déjà désiré Tô mais les gestes exceptionnellement timides qu'elle avait esquissés pour suggérer ses intentions avaient rencontré un sourire si incrédule que, retournant sa tactique, elle s'était précipitée dans les bras de son amie avec les francs, les gros baisers sur les joues. A moins que Tô dans les trames les plus fines de son âme n'ait effleuré en secret et caressé l'image de Satô, de sa croupe musculeuse, mais surtout de ses seins d'un volume si rare dans le pays et d'une texture si roide qu'ils pouvaient favoriser un faux pas, vous happer vers l'oblique versant du plaisir. Hô le très saint aurait sans doute révélé à Haruo que ce qui attache deux amies l'une à l'autre n'est jamais ce qu'elles affichent, mais un réseau de ressemblances indécises dans ce miroir inconnu d'elles où leurs deux êtres échangent leurs véridiques reflets. Alors deux autres femmes naissaient, existaient, s'épanouissaient, s'adoraient et, justement pour les mêmes raisons, se haïssaient.

D'ailleurs, il y eut une trêve dans le carnaval des ruades d'Allan et de Satô. Ils burent de longues gorgées d'eau fraîche, et leur union reprit sur une tout autre partition, un angle d'une infinie subtilité montée de l'âme mystérieuse de Satô. Allan en fut si surpris qu'il se sentit transformé lui aussi, trouvant dans la fatigue qui l'aiguisait la réponse la plus délicate et la plus hallucinée à l'inspiration de son amante. Elle en fut remuée au tréfonds et exhala ce chant exquis, inouï, dont Haruo aurait reconnu la longue mélodie surnaturelle, s'il avait été embusqué derrière les chaumes.

On ouvrit les gros sacs où avaient été conservés les grains de riz. On les inonda dans des cuves. Puis on laissa macérer ces munitions immaculées au fond de grandes bassines sous des feuilles de bananiers et des couches de paille. Au bout de trois jours on découvrit les grains germés. Ils fourmillaient comme une vermine d'insectes ailés. Les hommes et les femmes disposèrent, aux extrémités opposées des parcelles, des séries de piquets qui se faisaient face et permettraient un alignement parfait… Les semailles commencèrent. C'était la tâche que certains paysans préféraient avec l'abondance des moissons. Labourer, herser, repiquer demandait beaucoup de sueur. Mais arpenter les champs, en gorgeant les sillons des mille hannetons de riz, ouvrait le bras des semeurs dans une cadence heureuse. Chacun respirait largement en arrondissant l'éventail du geste, en libérant le jet de riz germé. Les parents d'Haruo avançaient dans une parcelle large en contrebas, séparée de celle de leur fils par un talus et l'imbrication d'une autre rizière. Haruo voyait sa mère haute et belle s'élancer dans son champ avec une volonté intrépide. De l'autre côté de la crête que son terrain occupait, le garçon contemplait Tô dont la longue main plongeait dans sa corbeille grouillante. Le corps de la jeune veuve alors se déployait et la semence s'envolait de son pas de danse et comme de son sein tendu. Elle prodiguait le riz à la boue féconde et croisait les enjambées d'Haruo qui répondait à ce ballet allègre par une chorégraphie symétrique, jusqu'aux pentes du volcan Gû. Dans sa matière ardente et noire, sa litière d'orage, son humus charbonneux dévalé des gueules et des cratères béants à travers les millénaires. Ici, le Nil fécondateur prenait source dans des lacs et des cascades, à des centaines de kilomètres sous la croûte terrestre. Il avait la texture d'un Styx bouillonnant. La belle montagne n'était qu'un manteau de magma. Tô, Haruo, ses parents, Osamu et Satô, leurs voisins, les pêcheurs et les chasseurs, tous foulaient un limon de feu. Les grains se fichaient dans cette glu…

La lagune bleuissait, s'incurvait, allongeait son chenal plus étroit vers la mer. Et de l'autre côté l'on voyait l'éclat argenté des torrents surgir dans les accrocs de la forêt d'Oru, les rivières dégringoler la pente des clairières, serpenter entre les arbres, disparaître de nouveau sous le dais des lianes, puis s'étaler à ciel ouvert en nappes qui fumaient. C'était le paradis des sources chaudes, juste en dessous des cavernes et du temple des moines. Et tous ces flux, ces bras ruisselants convergeaient vers la lagune, mêlant ainsi une eau douce et pure à celle de la mer bourrée du musc des algues, des crustacés et des hordes de poissons. Il y avait au milieu de la surface du lac cette jonction des flots, formant des auréoles plus noires ou plus bleues, selon les fonds, l'orientation des vents et des courants. Des transparences vertes et des opalescences où venaient s'ébrouer, frétiller des races mixtes : anguilles, tortues, fusées d'écailles.

Face à la lagune, les villages s'échelonnaient dans la faucille parfaite de la berge. De l'autre côté, au revers des habitations, s'étirait le vrai rivage de sable clair, le long d'une étendue de mer turquoise. Au large, la houle se brisait sur les hauts fonds de corail. Des rizières les plus élevées du volcan, les semeurs voyaient l'armada des déferlantes. Toute une ligne de falaises vierges, éclatantes, que les pêcheurs devaient franchir pour rejoindre le grand large, la plénitude d'un violet vif, illimité, que le soleil surplombait dans la liberté du ciel.

L'île était cette bouée noire et verte, striée d'eau, de forêts et de rizières, cet anneau accroché au flanc de l'océan immense. Et le volcan qui paraissait si grand aux villageois, dont l'omnipotence dominait leur destin, s'amenuisait petit à petit, dès qu'il était vu des barques rayant la mer. Trapu à la base, bombé, violacé, mauve, tout saturé d'énergie. Puis, au fur et à mesure que les pêcheurs prenaient du champ, il ne dressait plus qu'un pic pur dans l'azur. Enfin il s'évasait, s'affaissait, sa trace bleutée s'évanouissait doucement dans une brume de lait.

Les pêcheurs de Kô, qui étaient fondamentalement des paysans, éprouvaient ce léger pincement du cœur d'avoir perdu de vue leur île, le volcan et son illusoire puissance. Ce splendide effacement de la mer convenait au très saint Hô comme le vérifièrent Haruo et Osamu qui, un jour, l'avaient emmené au large. Le géant avait cessé peu à peu de sentir le musc de l'île. Sorti du grand fracas des déferlantes qui avait redressé, secoué violemment le bateau dans une nuée d'embruns, Hô était entré dans un néant soyeux dont tout son corps avait goûté la dilatation sans fin. Il s'était émerveillé de cette pure lumière. Ce n'était pas la jouissance orgiaque des sources chaudes, dans les marmites de basalte. Le rire d'Hô était devenu d'une douceur inaudible. Le moine planait dans l'onde ouverte et c'était pour lui la vraie voie du monde.

Quand les paysans eurent quitté leur champ, Haruo s'attarda un peu. Il avança dans la parcelle de Tô. Inscrite dans la boue, l'empreinte de ses pieds délicats apparaissait. Nette, fraîche, vivante. La plante sinueuse, les doigts, l'orteil plus replet. Et parfois la gaine mince de sa cheville, l'amorce de sa jambe se moulaient dans la vase d'un talus. Il contemplait les traces que lui-même enfouissait à côté de celle qu'il aimait. Au milieu des grains germés.

La nuit, il fut repris par la pulsion de l'écouter se coucher. Quand elle cessa de se mouvoir, ce n'est pas par la fenêtre de la pieuvre qu'il osa la regarder, mais par l'étroite lucarne de paille qu'occultait un volet léger donnant plus directement sur le lit. Le volet résista, lacé par un loquet. Il eut l'impression de dégrafer l'obstacle de roseau. Toujours la même lumière lunaire habitait la chambre dans l'éclat réverbéré du lac à travers les claies. Mais peut-être que cela provenait du rayonnement de sa chair. Elle lui parut couchée sur le ventre, offrant une rivière de crins noirs qui coulait le long de son dos. Le brusque relief des deux fesses ouvrait ce flot. Leurs bosses symétriques et charnues se haussaient, d'une blancheur profonde. Il eut faim de sa chair. Son amour toujours délié de toute visée prédatrice s'ancra tout à coup dans la substance fuselée, gonflée, de la croupe tendue et fendue de sombre. Il fut assailli de nouveau par l'odeur de la boue où s'incrustaient, dans la rizière, les traces de Tô. Il aurait presque aimé voir se glisser la pieuvre afin qu'elle laboure ce corps, qu'elle l'ouvre et le bouscule et le révèle dans ses tournures les plus secrètes. Et c'est alors que l'envahit le souvenir du remugle d'Oryui comme jailli des marques toutes fraîches de Tô, ses matrices qui entaillaient le riz et la terre.

Elle bougea, gémit en se retournant d'un coup. Il prit peur, recula, mais déjà il avait été zébré par l'éclair noir entre les cuisses. Ce fut si fugitif qu'il ne savait pas s'il avait réellement vu ce feu de ténèbres hérissé dans la pâleur du ventre. Cela remua en lui l'originelle vision foudroyante qui l'effrayait et dont il adorait la duplicité.

Sur la rive, il eut envie de plonger nu, de nager. La lagune était bercée de douce lumière. Quelques cabanes veillaient encore dans le secret des lampes. D'ici, on n'entendait pas le bruit du générateur qui était installé à l'autre bout du village et qui ne fonctionnait que deux heures par nuit quand le diesel ne manquait pas, car il fallait aller le chercher sur un cargo peu ponctuel, au-delà de la barrière de corail.

La souffrance d'aimer mordit soudain les entrailles d'Haruo. Il pleura dans l'eau pure. Sa brasse lente et coulée l'éloigna de la maison de Tô. Au bout d'un moment, il vira et la vit, fragile et basse, sa partie extrême posée sur ses pilotis noirs. Le reflet du lac la cernait d'une bulle spectrale. Une nouvelle fois la hantise de la pieuvre se saisit de lui. La bête aurait pu surgir à tout instant, le happer, l'étreindre de ses bras. L'étrangler dans une brusque convulsion de muqueuse. Au moins aurait-il ressenti l'épouvante de Tô. Et l'agonie de sa jouissance. Il regarda l'horizon lisse de la lagune, telle la blessure d'un sabre. Il revint. Il espéra que la cadence de ses cuisses et de ses bras battant l'eau éveillerait, dans le sommeil de Tô, la sensation de la pieuvre, de son approche. Le bruit mouillé des doigts de la bête dans le puits du sexe.

Il ne pouvait plus se coucher. Il alla chercher la barque qu'Osamu lui permettait d'emprunter et qui était amarrée sur la plage, de l'autre côté, face à la mer. Traverser à pied toute la distance qui le séparait d'Oru lui répugnait. Il ne voulait pas quitter le contact de l'eau. L'esquif était long, large et profond. C'était le vaisseau le plus rapide de l'île, il était l'un des rares à posséder un moteur. Mais Osamu l'avait détaché et emporté dans sa maison.

Haruo ramait sans effort, entendant au loin la rumeur des déferlantes sur les casques de corail. Il contourna la masse du volcan, cette circonférence formidable du cône dont les abrupts perdus dans la nuit lui parurent monstrueux, hérissés de crêtes et de bourrelets sombres, bosselés de laves pétrifiées où la lune projetait tantôt des reflets de plomb, tantôt des laitances calmes et froides. Dans les ténèbres surgit la déchirure du feu giclant du garrot de Gû. Sorti du petit cratère adventif, le ruisseau se dorait, serpentait telle la queue d'un fantastique dragon aux écailles coruscantes.

Tandis que sa barque évitait, à bonne distance, ce chaos, Haruo voyait inlassablement glisser tout le long du versant le grand ruban flamboyant qui, à la fin de sa course, se haussait, lentement chancelait en un remous convulsif, rugissait et grondait avant de plonger dans le gouffre fumant de la nuit marine. Le flot glouton ne cessait de l'avaler et de métamorphoser ses feux en rouleaux de velours crépitants et violâtres, en immenses omelettes ondulantes et mauves. Soudain un vomissement brusque éclata, dans un geyser de vapeurs et de soufre qui faisait sursauter Haruo.

Un peu plus loin, sa barque effleura les disque d'un grand rocher noir et cave qu'on appelait l'îlot des murènes.

Il hissa la barque au bord des marais, à l'endroit le plus rapproché de la tanière d'Allan. Il traversa à pied une assez longue portion de forêt. Nulle panthère ne passa devant lui. De soudaines criailleries fusaient dans les arbres. Oiseaux, singes, attaques et meurtres de serpents enroulant leur ruban musclé autour de leur proie : faon, marcassin...

Nulle lumière ne perçait la clairière du banian qui accumulait des agglomérats, des bulbes de ténèbres difformes. Haruo rôda autour de la tente close. Il entendait la respiration du naturaliste. Puis le souffle s'arrêta. Haruo écouta. Allan bougea dans la tente. Haruo devina qu'il était réveillé, se saisissant peut-être de son couteau de chasse. Alors, il articula : « C'est moi ! »

Allan alluma une lampe et sortit de la tente, vêtu d'un seul caleçon. Il regardait Haruo silencieux. Il ne se plaignit pas d'avoir été chassé de son sommeil qui était intermittent, tissé d'une vigilance sourde. Il cachait sa curiosité. Il ne demanda pas à Haruo ce qu'il voulait. D'instinct, il pressentit que le garçon l'ignorait lui-même. Toutefois, il attendit un peu. N'excluant pas un signe, une confidence courte. Mais très vite, il entraîna Haruo sous la tente en lui proposant de boire. C'était un habitacle assez spacieux qui comprenait le sac de couchage ouvert, une petite table, une chaise, du matériel, des sacs, le portable... Allan servit un alcool à Haruo. L'eau n'aurait pas été assez fraîche.

– Le whisky, c'est bon, c'est net, cela requinque !

Haruo y trempa ses lèvres. Ils burent. Le garçon n'aurait jamais parlé de Tô à Allan. Encore moins de la pieuvre. Il était venu parce que, après Tô, la personne qui le fascinait le plus était Allan. Parce que ce dernier était seul dans la forêt et que cette solitude sauvage les rapprochait. Allan aurait pu demander à Haruo s'il avait une petite amie, s'il y avait des problèmes… Il s'en garda. Il sut que cette visite sortait de tous les usages d'Haruo, qu'elle le surprenait lui-même.

Il vit la honte troubler les traits de son ami. Il fallait à tout prix prendre une décision, faire quelque chose. Allan dit alors :

– Je ne vais plus dormir, maintenant. J'ai besoin d'un bon bain. Pas trop glacial, tout de même. On va aller aux sources chaudes.

Haruo lui emboîta le pas. Ils suivirent un sentier pendant un long moment. De temps à autre Allan armé d'une lampe-torche commentait un détail du paysage ou un bruit, pour maintenir le contact, mais sans engager une conversation. La forêt devenait plus clairsemée et l'arc des étoiles se déploya bientôt au-dessus d'eux. Il fallut marcher encore, rejoindre une région plus rocheuse d'où montait le crépitement des cascades. Déjà on commençait de respirer une buée tiède. Le faisceau de la torche pénétra des bandes de vapeurs qui baignaient une série de cuves basaltiques enchaînées par des goulets, des espèces de toboggans naturels dont la noirceur luisait dans le brouillard de la lampe. Allan la laissa allumée au bord d'un large bassin.

Il se déshabilla. Haruo fit de même. Ils avancèrent dans la nappe fumante. Allan se courba vers l'eau puis, comme en se couchant doucement dans le flot, il se mit à nager. Il n'y avait pas beaucoup de profondeur mais l'on pouvait circuler d'un bassin à l'autre. Les goulets plus étroits et les dénivelés se situaient dans une zone différente. Allan haletait d'aise et Haruo s'abandonnait à la béance sulfureuse et douce. Ils divaguèrent au gré des lacis, des courbes capricieuses de la rive. Puis repartirent en sens inverse et revinrent dans le halo de la lampe-torche. Le niveau de l'eau baissa et les obligea à se redresser.

Allan épiait le dos, les fesses d'Haruo moirées par l'exhalaison huileuse des vasques. Il le saisit doucement à la taille en le ramenant contre lui. Haruo essaya de se dégager doucement lui aussi. C'est à peine si l'autre resserra l'étau, il préféra caresser le ventre du garçon et saisir le sexe, le décalotter avec adresse. Haruo frémit. Allan tenait son ventre un peu séparé des fesses d'Haruo. Il s'occupait d'abord de lui d'un rythme paisible, fluide. Haruo bandait. Il éprouvait un sentiment de vague répulsion mêlée à un plaisir violent. L'autre prenait bien garde de ne rien brusquer, de ne pas se presser contre le corps du garçon. Il voulait le faire aboutir à son spasme. C'était un soulagement, de quelque nature qu'il fût, qu'Haruo était venu chercher dans la nuit d'Oru. Cela, Allan l'avait compris. Il voyait briller le marbre suave de sa peau. Et il soignait sa caresse amoureuse, l'accélérait tout en testant l'état de tension du garçon : son souffle, sa manière d'épouser cette cadence qui correspondait justement à son désir. Ce n'était pas exactement du désir mais la percée d'une pulsion de fond, comme l'imminence du feu. Alors Haruo fut saisi de spasmes, de décharges violentes. Allan entendit son chant inattendu, sa plainte presque de fille pâmée. Et cela l'excita au-delà de tout. Il plaqua son sexe contre les deux fesses rondes et laquées. Haruo tenta de se défaire des bras qui le laçaient, il esquissa une ruade torve et glissante qu'entravèrent les cuisses d'Allan. Les soufres le faisaient maintenant suffoquer, le trop-plein de sa force s'était libéré dans la jouissance. La lampe le plongeait dans un nuage lunaire, l'eau clapotait. L'effet de l'alcool le noyait, l'abîmait dans le reflet gluant des cuves et le lait de la nuée. Allan immobilisa sa prise au fur et à mesure qu'Haruo relâchait sa résistance. Il recommença de lui caresser la verge assez longuement, puis enduisant son doigt d'eau grasse, il se fraya un passage entre les fesses d'Haruo qui se serrèrent. Il l'embrassa alors, avec sa bouche, dans le cou, sur les bras, avec une espèce de tendresse qui surprit le garçon, le leurra dans la stupeur où il plongeait, une détresse qui crevait au fond de lui où il voyait la maison de Tô flotter sur la lagune dans les lianes déployées de la pieuvre d'amour. Allan procéda avec une grande douceur. Pour ne pas froisser davantage la pudeur du garçon et dans l'espoir de recommencer un autre soir, il ne se déchaîna pas en déchargeant. Aussi laissa-t-il irradier sa jouissance extrême presque dans le silence. C'était comme un soleil déversé tandis que ses yeux dévoraient les deux astres des fesses écarquillées dont il s'était repu dans son extase muette.

Haruo était perdu dans un magma de ruines. Il s'était affalé sur la grisaille des ponces. Allan ne lui demandait pas pardon. Il attendit longtemps avant de dire au garçon qu'il l'aimait, qu'il le désirait. D'une voix presque tranchée mais tendre. Il guettait le visage incliné d'Haruo. Il se taisait maintenant, l'aveu lui semblait suffisant, exactement dosé. Une vague d'ennui le submergea. Puis tout à coup une vision brutale et contraire l'empoigna, tel un désir de Satô, de crier avec elle sans plus rien cacher ni contenir. Il aurait couché tout de suite avec la paysanne. L'image plus enfouie de Diana le traversa dans cette panique cannibale.

Haruo haïssait Allan, il eût aimé le tuer mais en même temps il ressentait ce lien sordide qui l'unissait à lui. Dans les bras du banian, dans la vase de sa détresse sans fond.

Il attendit plusieurs jours avant de gagner les grottes des moines. Malgré les hantises qu'il ruminait, la bambouseraie qu'il devait traverser lui procura une forme d'apaisement et de plaisir. La régularité des cannes géantes et vert tendre, leurs nuances qui variaient du sombre au clair, la puissance souple des bambous annelés de jaune, dressés dans une futaie infinie, créait un rythme, une euphorie. Des transparences se coulaient sous le couvert des feuilles hautes et fines. Il avançait dans un milieu dont les profondeurs semblaient flottantes, noyant le regard dans un monde amphibie, vert nénuphar. Tandis que tout autour de lui les hampes proches et bien séparées dilataient le prodige de leurs troncs lisses et soyeux comme la peau d'un serpent d'eau. La grâce féminine des bambous le disputait à l'énergie de leur érection, de leur forêt de dards, bagués de minces boursouflures d'or. Et cette vision lui prodiguait le sentiment d'un ordre, d'une démultiplication quasi musicale qui lui faisait du bien dans la confusion de son âme.

Les grottes s'échelonnaient dans une zone de collines rocheuses qu'il fallait d'abord escalader. Les moines avaient édifié leur grand temple dans la caverne la plus spacieuse, en complétant l'architecture naturelle des parois avec des bâtis de bois peints d'un rouge brillant. Un toit doré aux ailes recourbées, sculptées de génies et de dragons, coiffait le sanctuaire de la déesse Kannon.

Hô entouré de moines et de moinillons rieurs accueillit le visiteur. Haruo, à l'aide d'une louche, commença par pratiquer de rituelles ablutions dans la fontaine, puis il alla s'incliner devant la déesse en faisant brûler des baguettes d'encens qu'il piquait dans du sable. C'était une statue dorée de femme ambiguë, au visage long, gras et placide, habillée d'une haute robe frangée de plis. Sa tête portait une couronne festonnée. Autour de la déesse s'épanouissait une large coquille d'écailles cuivrées. Elle tenait dans sa main paisible une tige de lotus tissée de feuilles souples. C'était l'avatar féminin du Bouddha. Des statuettes de bodhisattvas plus souriants et très doux entouraient cette matriarche hermaphrodite. Quelques bouddhas taillés à même la pierre ornaient les grottes voisines.

Hô entraîna Haruo dans une pièce rudimentaire où ils purent s'asseoir sur le sol et converser sans témoin. Un silence se fit. Haruo ne sentit pas le poids, tant cette substance muette constituait le fond intime de la méditation monastique. Hô produisait de temps en temps un petit filet de dérision douce qui se dissipait. On entendait des moines trottiner ou courir dans le dédale des grottes, car la règle était souple. Des éclats de voix parvenaient jusqu'à eux, puis le silence s'étalait de nouveau, habité de vie tranquille. Haruo nourrissait une grande confiance à l'égard de Hô qui lui avait appris à lire et à écrire. Alors il n'hésita plus et il déclara :

– J'aime la jolie veuve Tô et je souffre.

– Où est le mal ? demanda Hô. Tu peux l'aimer plus calmement…

– Souvent, le soir, je vais la guetter quand elle dort.

– C'est un moment paisible sur les eaux de la lagune. Est-ce que ton désir est jaloux ? Est-ce qu'il trouble la surface du sommeil de Tô ?

– Parfois, je suis sans désir, émerveillé par le rayonnement des eaux et la beauté de Tô que je devine dans les rais du roseau. Parfois je suis avide et blessé.

– As-tu osé lui parler ?

– Je n'échange avec elle que des propos banals, utilitaires.

– Si tu les prononces avec douceur… Est-ce que tu sais ce que tu veux, au moins ?

– Je veux la contempler. Parfois j'aimerais qu'elle le sache. J'aimerais la toucher et peut-être lui parler de mon amour.

– Tu es beau Haruo. Tu sais que je suis peintre et que je reconnais la beauté. Tô doit partager mon opinion. Elle n'est âgée que de quelques années de plus que toi. Vous pouvez vous regarder.

Il y avait d'autres tourments dans la pensée d'Haruo : la sauvagerie d'Allan, son charme noir et la vision de la pieuvre. Il n'osait pas évoquer la bête. Elle était enfouie au plus secret de lui-même. Elle était liée à l'intimité et au mystère de Tô. Il y avait cette folie de la pieuvre qu'il ne pouvait pas dire.

Hô devinait qu'il ne s'abandonnait pas tout à fait, que son âme gardait une part d'ombre. Mais le saint ne voulait pas forcer la confidence, seulement abriter le garçon sous son aile.

– Tu sais, Haruo, je comprends que la beauté de Tô soit un grand trouble pour toi. Elle est belle comme la jeune sœur que je perdis, jadis, dans le grand, l'originel tremblement de terre. Belle d'une lumière qui traverse la peau, l'éclat d'une fleur inouïe.

Haruo savait que la sœur du saint avait été tuée, écrasée sous les décombres de sa maison. De cette catastrophe était né le chemin d'Hô. Dans sa jeunesse, on disait qu'il vivait de façon insouciante et gourmande. C'était un pêcheur et un chasseur entouré de femmes. Mais sa spiritualité était restée sensuelle. Moine, on racontait qu'il avait connu encore des compagnes. Il confondait aussi la déesse Kannon avec sa sœur.

– Quels que soient tes affres, tes secrets, je les devine et aussi je les aime, je les intègre dans le mouvement de l'île et de la vie qui peut tout comprendre, tout relier sans blessure, Haruo. Ta solitude est une illusion, ton histoire un moment du flot qui perpétuellement nous tisse à la fontaine du monde. Viens voir mes dessins…

Le géant, le très saint, introduisit Haruo dans une salle attenante dont l'extrémité faisait un coude et restait invisible. Une table se dressait, occupée par des rouleaux de papier et du matériel de peinture, encriers, pinceaux, couleurs… Hô travaillait presque la plupart du temps sur le même thème dont il poursuivait d'infinies variations. C'était le paysage de l'île sur la mer de Mâ. Le volcan Gû, la forêt d'Oru, la lagune bordée de villages. Il y avait au milieu de la table un grand rouleau qui représentait le paysage, tantôt noyé de brumes, opalescent et tacheté, tantôt plus précis, traçant, par exemple, la chevelure des rivières qui coupait la forêt d'Oru. Un torrent de traits vifs, bleus et blancs, de vrilles vigoureuses, comme grossies, tentaculaires, étreignait les rochers et les arbres pour enfin se perdre dans le flot calme de la lagune. La lave du volcan, au lieu d'être reproduite dans son écoulement sinueux, projetait un long éventail géométrique et orangé nettement découpé sur le versant bien triangulé du mont noir.

On voyait les gens œuvrer dans les rizières méticuleuses, les cavernes et le temple qui paraissait minuscule, les cercles élargis de la mer et du ciel. Tout était là et tout glissait dans l'infini de l'encre fluide, dans un sentiment de grand vide vivant dont l'île eût été le corps évanescent. Mais c'est à la rivière d'un bleu vif et tumultueux, à son averse convulsée, à la pluie de ses grosses lianes et de ses tourbillons qu'Haruo revenait, fasciné. Comme s'il se fût agi des cheveux de Tô ou des bras de la pieuvre, sortis des ténèbres, déployés dans le paysage à la vue de tous.

– Tu aimes la rivière et ses grands doigts crus. La gerbe drue des méandres. Toute cette crinière sensuelle… Tu es sensuel ! Tu es jeune, la force te séduit, l'invasion des eaux sauvages. Et c'est bien. Il faut aimer toute la matière des choses. Tout est bon à prendre dans le monde. Il n'y a pas de monstres. Même la mort n'est pas monstrueuse et tu mesures ce que je dis…

Cette transparence des monstres fit sursauter Haruo. Le silence revint. Il se répandit comme une nappe profonde. Mais cela semblait sans danger. Le rire de Hô rayait l'évocation de la bête, faisait ruisseler sur elle une onde d'ironie tendre.

Alors Haruo expliqua à Hô une de ses obsessions lancinantes. Car les mêmes nuits de séisme les unissaient à travers le temps :

– Lors du dernier tremblement de terre, c'est moi qui ai dégagé la couche de Tô. Et la vision de sa nudité m'a foudroyé. Ensuite j'ai eu le temps de voir les détails de son corps. Mais c'est la première vision brutale, presque sacrée, stupéfiante et splendide, que je ne peux plus rattraper. Qu'ai-je vu de visible ou d'invisible et qui ne peut se raccorder au dessin réel et continu des choses, puisque tu dis que tout se fond dans l'unité d'un flux ? Moi, cette hallucination me coupe du tissu vivant dont tu parles.

Hô se tut longuement. Puis il dit :

– J'ai vécu la même coupure quand j'ai tenu dans mes bras le corps de ma sœur morte. L'ai-je alors vue ? Etait-ce une hallucination que cette image qui m'est restée longtemps d'elle, oui nue, morte, vivante, visible-invisible, adorée, revenante ? Impossible. Il a fallu des années pour que se dissipe le prodige inaccessible. Je suis devenu moine et peintre. J'ai quitté Naoya, j'ai rejoint de plus grandes terres sur la mer de nos guirlandes d'îles, j'ai débarqué sur le continent, j'ai travaillé dans des capitales électriques et vacarmeuses. Ma condition de moine errant inspirait le respect. A mon retour, j'ai peint plusieurs portraits de ma sœur qui ne parvenaient jamais à ressaisir la vision de la nuit du séisme. Dans le plus intime de l'être, je voyais éclore mes motifs. Le dessin fusait de mon rythme intérieur. Mais je n'arrivais jamais à ravir son visage et son corps de ma sœur au moment où ils surgirent des ténèbres, dans la nudité de la vie et de la mort.

Hô se tut, réfléchit et déclara à Haruo :

– Tu viendras avec Tô. Tu lui diras que c'est mon idée et je ferai des portraits d'elle et de toi.

Haruo n'osa pas révéler immédiatement à Tô la proposition du saint qui le troublait, l'attirait. Son rêve de Tô prenait soudain un tour plus réel. Il resta deux nuits sans aller la guetter. Le troisième soir, il avait décidé de confier à la jolie veuve le projet du moine. Mais en arrivant auprès de la maison qu'arrosait une pluie tiède, le crépitement soyeux lui sembla inonder la peau même du lac et de Tô. Ce frisson mouillé le remplit d'émoi. Il attendit. La lampe de Tô resta allumée plus longtemps que d'ordinaire. Il y eut soudain, à la surface du lac, un ourlet de houle et comme le fantôme et la tresse d'un mouvement vivant. Haruo se cacha derrière la maison. C'est alors qu'il vit Tô sortir, nue dans le voile de la pluie et le ruisseau de ses cheveux noirs. Elle descendit là où l'eau de la lagune formait une vague basse le long d'une minuscule plage, de l'autre côté de sa chambre sur pilotis.

La pieuvre émergea, rousse et violâtre, bosselée, érigeant son bulbe, délaçant ses bras interminables dont Haruo voyait nettement les ventouses, les palpes protubérants et nacrés, dans les torsions des tentacules. Tô s'avança davantage sur l'étroite bande de sable où glissaient des nappes d'eaux minces. Elle s'allongea, offrant à la bête seins et ventre à peine masqués de cheveux. Elle semblait calme. Sans effroi visible. Douce et béante, accueillant l'eau et les premiers lobes de la visiteuse. La pluie flagellait régulièrement la lagune et la plage les abreuvait de son ruissellement argenté. Tout restait discrètement lumineux. Là-bas, une grande lueur orangée débordait du dos du volcan, l'éclat des laves dont le flux avait peut-être soudain redoublé. Sur les pontons des rives les fanaux tremblotaient. Haruo ne voyait pas le visage de Tô qui était tourné vers la lagune et la pieuvre. Il ne discernait que les yeux de cette dernière, dans la meurtrière des paupières, jaunes et coupés de leurs pupilles minces. Les prunelles semblaient briller, animées d'une curiosité hypnotique. Haruo redoutait tant ce regard d'Oryui qu'il n'excluait pas de le grossir par un effet de l'imagination, puis la pluie brouillait tout dans ses mailles fines, les baignait dans son odeur marine. Des accrocs brusques se produisaient où la trame trouée découvrait le corps de Tô lisse et marbré. Surtout ses cuisses qui prenaient des proportions merveilleuses. Elle en ouvrait l'éventail et on voyait les longs fuseaux de leur chair élargie s'épanouir tels des ventres de poissons. Il distingua dans l'angle intime le hérissement de pinceau noir, la houppe rebroussée, acérée, que la pluie frappait. C'était Tô et ce n'était pas elle. Il aurait voulu reconnaître ses traits, son front bombé, son ovale, ses pommettes, son regard mince et brillant. Il se demandait si cette vision n'était pas montée des flots, de leur phosphorescence nocturne.

Oryui grandissait, se haussait, majestueuse reine. Elle dépêcha un long rai laiteux qui ondula vers le cou de Tô, puis un autre l'enlaça, un autre se glissa entre ses cuisses. Les huit bras de la pieuvre entraient en possession de leur proie. Cela formait un treillis frémissant et furtif qui recouvrait la peau, les mamelons immaculés, les chevilles et les jambes dans des arborescences vives, des réseaux de secousses. La pieuvre prenait doucement la couleur de l'amante qu'elle parasitait. Certains tentacules paraissaient blancs, charnus, luisants comme les cuisses de Tô. Cette dernière devenait rose ou rousse. On ne savait plus où commençait Tô, toute violette, où finissait la pieuvre blanche, tant leur lacis somptueux se nouait et se dénouait, par moments submergé de vagues plus hardies. Ce fut alors un chaos de congres pâmés au cœur des eaux. Un poumon d'amour dont le souffle dégageait une sorte de vapeur d'embruns, des fusements d'organes, de siphon, de bouche, des gémissements... Etait-ce encore Tô que ce magma graisseux, vautré dans la vase, qui enroulait ses ventres, glissait plus loin et que le courant happait, déversait sur le sable, les flancs tout criblés, mouchetés de grains et de crasse, les peaux réticulées de filaments écumeux ?...

Haruo vit les fesses de Tô se courber, se gonfler, se tordre de plaisir dans le lasso de la pieuvre. Il scruta l'éclaboussure de sa toison de jais saisie, massée par un palpe délicat comme un doigt de ruse. Il ne savait plus ce qu'il voyait, assailli par la charge des images que le flot procréait sans cesse. La pluie nourrissait de ses pis les bouches de la lagune. Et le nimbe émané des laves étendait sur les corps des reflets orangés, les torsadait, les malaxait dans un halo plus chaud où s'épandaient les cheveux de Tô qui flottaient tantôt sur la mer tantôt sur le crâne d'Oryui. Les deux corps partirent ainsi sur les eaux de la lagune en une lente traîne de cuisses et de ramures, et de têtes mêlées. Au loin, on eût dit que les bras de Tô entouraient le cou d'Oryui, comme si la jeune veuve avait consenti à se laisser conduire vers la sortie du chenal, vers la mer, l'ombre de Gû qui y plongeait, vers l'orgie des feux et des laves, vers les cavernes profondes et le royaume…

Elles tournoyèrent, puis revinrent jusqu'au rivage. Les amantes se séparèrent. La pieuvre reculée dans les eaux, comme postée, ne cessait de contempler avec une attention avide la femme qui s'était hissée sur le sable, en appui sur les coudes et dont, toujours les cuisses fruitées, pulpeuses, s'écartaient appelant l'eau nue. Tout le corps musculeux de la pieuvre alors se détendit d'un coup, s'allongea vers Tô, la chevelure des tentacules propulsés en arrière. La tête se projetant doucement vers la cisaille des jambes claires. Elle sembla se fuseler, se ventouser tel un museau de murène au fond de l'entaille. Les deux yeux d'Oryui regardaient toujours tandis que son bec, que sa bouche fouillaient le sexe de Tô en un baiser sinueux dont la voussure vorace s'acharnait dans l'amour. Tô haletait, agitée de soubresauts, criait. Son chant était celui de la marée qui s'engouffrait dans le chenal, portant la houle saline jusqu'au sein des eaux les plus douces. Ce spasme cyclique traversait toute la surface de la lagune, la rechargeant des énergies du large pailletées de corail et de coquilles. Des anguilles fourmillaient et luisaient dans les rafales du courant.

Sur le sable, le baiser de la pieuvre aspirait, dévorait le ventre de Tô dont les cuisses blanches entrelacées, galbées de longs muscles, étreignaient, escaladaient la bosse de l'animal grouillant. Les bras déliés de l'amante humaine rejoignaient la gerbe des tentacules dérivant autour d'elle, rampant, ocellés de cloques rousses et grenat, se retournant, exhibant leur revers glacé.

Haruo, assommé d'images, plongé dans un vertige sans fond, s'enfuit soudain, harcelé de courbes voraces et de lèvres carnivores. C'était sa propre chair qu'un essaim de murènes mordait, son ventre qu'elles retournaient. Il offrait ses entrailles les plus tendres aux fauves marins qui le déchiquetaient, lui crevaient les yeux pour le punir d'avoir vu l'indicible. Et un moment, dans sa course, il crut bien avoir perdu la vue, portant contre ses yeux ses mains épouvantées, comme pour en comprimer les blessures et les ruisseaux de sang.

La pulsion de meurtre éclata en lui brutalement. Tuer la pieuvre, tuer Tô, cette étreinte qui dépassait le monde. Abolir cette grande scène où la femme et sa comparse tentaculaire, muées en monstres, effrénées, accomplissaient la chorégraphie de leur copulation, affichaient cette complicité de garrots gluants. Séparer, couper l'obscène magma, tout rayonnant de luisances et de salives marines, qui ravalait Haruo au rang de voyeur écrasé d'effroi, d'émerveillement, de haine et de honte. Anéantir cette vision aussi folle que l'épiphanie de Tô, nue, dans le flash du tremblement de terre. Haruo était aux prises avec l'outrance des deux révélations, coup sur coup, qui avaient aliéné sa raison. Si rien ne s'était passé, il aurait encore pu aller contempler Tô autour de sa maison lacustre. Son amour aurait sans doute évolué peu à peu vers un passage, une réconciliation. Mais l'autre vision avait surgi dans son grand échevèlement d'hydre et de gorgone. Parfois, il lui semblait que la pieuvre – loin d'avoir été vomie par la mer le soir du raz de marée et découverte dans la crevasse profonde du rivage – avait jailli de la maison marine, du cœur de la couche de Tô, et peut-être du plus intime de son corps et de sa beauté interdite. Il divaguait et l'obsession du meurtre l'assaillait. La raison secrète qu'il ne s'avouait pas encore était que peut-être, dans la convulsion du crime, il verrait ce qu'il n'avait pu voir. Cette seule, cette vraie nudité de Tô entr'aperçue dans le hérissement de la mer et de la terre. Là, sous le corps de la géante Oryui assassinée dont il faudrait soulever l'amas de tentacules et de remous glissants, comme il l'avait fait du toit de chaume, soudain s'épanouirait à sa vue Tô entièrement révélée, réelle. La réalité, l'identité de Tô, sa signature véridique. Le seul sceau de Tô attesté dans le reflux calme de l'ogresse terrassée. La fourche de Tô, sa voûte et son vaisseau, l'arche de Tô. Ce qu'il n'arrivait pas à appeler simplement le sexe de Tô, de la première et de la plus belle des femmes.

Le ciel était resté brouillé. Il pleuvait sur la lagune, les rizières et la mer. Un orage plus brusque crevait la douceur de ce voile, d'éclairs, de roulements, de grondements. Puis ce grand samouraï paré de noir rengainait tous ses sabres et la pluie reprenait sa navette régulière et tiède sur le corps de l'île. Les rizières se gorgeaient. Les germes giclaient. De minuscules pointes vertes perçaient le réseau des boues méticuleusement peignées par les dents des herses.

Haruo reconnut les deux navires, au large, le bateau de chasse et le navire-usine. Ils officiaient rarement dans cette zone, mais une ou deux fois l'an, on les voyait se dessiner à l'horizon. Les pêcheurs du village disaient qu'ils épuisaient la ressource avec de dévorantes machines. Cependant, ils avaient chargé Haruo de négocier quelques échanges avec les équipages : matériel, outils de leur part, lampes, recharges, bidons de diesel pour le générateur, contre fruits frais, eau douce, légumes, étoffes, riz, paniers, chapeaux d'osier. Ils avaient misé sur la séduction, son intelligence et sa beauté. La barque d'Osamu était armée d'un des deux moteurs qu'Allan avait offerts au village.

Cette fois encore, on dépêcha le bel adolescent en ambassade. Nul vent violent ne bousculait la mer pluvieuse. Et les orages clairsemés permettaient la navigation. Le moteur propulsait la barque d'Osamu avec une telle rapidité qu'Haruo en oubliait ses malheurs, tout à la jubilation adolescente de foncer vers la barre, ses verticales limpides qui s'incurvaient, éclataient sur le rempart des coraux. Il arriva sur ce champ de bataille qui posait tant de difficultés aux autres pêcheurs. Leur barque se cabrait tandis qu'ils ramaient, souquaient, le dos arqué. L'étrave était précipitée dans un soulèvement de matières éclatantes et de bouillonnements. Elle reculait, se défaussait de biais. Alors la vague menaçait de la renverser. Il fallait redresser, garder le cap sur la montagne de verre, couper son éblouissant scalpel. Le moteur, lui, facilitait la tâche, il permettait même de jouir du spectacle, de crier de plaisir quand se produisait l'avalanche, que se déployait la chaîne des rouleaux crépitants et que s'envolait la proue éclaboussée d'embruns au-dessus des fonds roses, des marches et des gradins de coraux, de leurs étages de pyramides englouties.

La direction choisie, sous un vent favorable, le rapprocha d'abord du chasseur. Il vit bientôt poindre, à la proue, le canon d'où fusait, au moment stratégique, le harpon explosif, qui déclenchait au coeur de sa proie une décharge sèche, dans un nuage d'écume et de sang.

Le chasseur s'écarta de lui et rejoignit directement le voisinage du volcan Gû. Ce n'était pas la route des baleines. Un orage boucha assez rapidement le ciel sans provoquer de dangereuses houles. L'acier du chasseur prit dans les ténèbres un aspect plus acéré, plus clandestin, plus prédateur encore. Il rôdait au-dessus des cavernes profondes, non loin de la cataracte de feu ouverte dans la poitrine de Gû. La phosphorescence rouge de la lave traversait la pluie. Les braises sanguinolaient.

Alors Haruo fut saisi d'effroi. Et si, cette année, les équipages avaient eu vent de pieuvres géantes. La région ne faisait guère l'objet d'explorations et de plongées scientifiques. Allan, seul, avait été investi d'une mission hétéroclite et terrienne dont on connaissait mal les commanditaires. Mais la haute mer, à cette latitude, était livrée aux pilleurs industriels, aux tueurs mécaniques.

La pieuvre était curieuse. Elle n'aspirait qu'à crever de son crâne intelligent le miroir des eaux, pour voir, pour examiner, pour s'approcher, palper, communiquer. Ses bras, ses yeux vigilants, lui assuraient sur son territoire une maîtrise comparable à celle des hommes sur la terre ferme.

La vision progressait… dans le rougeoiement de Gû, tel un phare balayant le brouillard. Oryui lente émergeait, épiait les deux navires éloignés l'un de l'autre. Elle glissait sous l'eau et tantôt laissait paraître la calotte de sa tête, rivant ses yeux jaunes sur le manège indéchiffrable des hommes. Elle se sentait dissimulée par la pluie dont la nuée se confondait avec l'émulsion marine. Mais redoutait-elle la venue des visiteurs ? Tant la curiosité était son instinct même. Explorer tout, cerner, tâtonner, comprendre, battre, un jour, sur ce terrain même, les propriétaires d'une planète en proie à la guerre, à la pénurie, aux bouleversements climatiques. Etendre la circonférence de ses bras souples sur des contours nouveaux, des masses et des matières inédites, connaître les corps... activer tout un peuple nouveau de neurones. Débarquer !

Alors elle se redressa sur l'eau, toute brillante de taches et de scories qui la faisaient ressembler à une bête fantastique des laves. La reine Oryui avançait vers l'étrave sournoise du chasseur. Elle s'épanouissait sur la mer de Mâ telle une géante rose, fleurie de pétales vénéneux. Sa tête paraissait une gangue, une cagoule gluante enfilée sur le crâne d'un colosse masqué, pensant.

Le chasseur vira doucement, prit l'orientation la plus juste, dirigea le canon sur la formidable prise. La fusée jaillit, et la foudre alla se ficher, exploser dans le corps de la déesse.

Oryui était morte. Ses bras se convulsèrent en un ballet horrible. L'immense hydre se mit à tournoyer, à zigzaguer dans des flots de sang. On l'entendit crier comme une sorte de saurien pourfendu, souffler, étouffer. Son corps s'effondrait. Oryui molle, maintenant, un amas monstrueux de méduses.

Cette hallucination emplit le cœur d'Haruo de culpabilité. Comme si l'équipage venait de réaliser le crime qu'il avait lui-même caressé, médité. Harponner l'amante majuscule, en finir avec la confusion de l'animal et de sa complice. Casser leur folle ronde sur les eaux de la lagune. Séparer les genres et les sexes. Pour voir, ranger le monde dans des cases de lucidité. Nommer ce qu'on voit. Le ramener à soi. Abolir l'innommable. Il aurait halé la bête vers le ventre du navire-usine où elle aurait été débitée dans des sacs congelés. Sa chair immense finissant dans les restaurants d'Asie, d'Amérique et d'Europe en salades tièdes, petits raviers, anneaux dits de calamars ou de seiche, beignets boursouflés sur un doigt lisse et rose, ce fil d'intelligence éteinte dans la farine et le crépitement des graisses.

Haruo réussit à chasser le cauchemar. La souveraine ne sortirait pas comme cela des eaux pour se faire prendre et tuer. Si le bateau s'était écarté de son aire habituelle, c'était probablement pour aller voir de plus près le volcan et son cratère adventif. Haruo décida de piquer droit sur le navire-usine. Son moteur faisait voltiger la barque sur la mer...

Dans la pluie et le sombre de l'orage, le bâtiment avait allumé tous ses feux. Il dressait une citadelle de métal phosphorescente. Un palais illuminé d'éclairages verts, rouges, jaunes, de clignotements. L'édifice étincelait dans un nimbe vague et glauque, étageant les lignes superposées de la coque et des ponts où de grands intervalles vides s'ouvraient pour différentes opérations. Ces horizontales étaient coupées de vastes portiques, de treuils géants et surtout de grands mâts pareils à des pylônes. Et tout cela dégageait le sentiment d'une organisation volontaire, d'une construction électrique et minutieuse, dans le miroitement des radars, des postes de surveillance, avec la haute cabine trouée de baies panoramiques qui dominait de sa tourelle de mirador le camp établi sur la mer, hérissé de projecteurs blafards.

Mais il émanait de cette ville, la seule qu'Haruo ait jamais vue, un charme bruissant, spectral. Tel un champ de forces et de magies entrelacées.

On reconnut sa barque, il fut hissé sur le pont. Les hommes bottés, vêtus de combinaisons caoutchouteuses lui offrirent de l'alcool, une cigarette, on le saluait, l'embrassait, l'interpellait, lui demandant des nouvelles de l'île tandis qu'il regardait fasciné les écrans allumés partout, ordinateurs, tableaux où scintillaient d'incessantes lignes vertes et rouges. Il sentait palpiter, au fil des enregistreurs, ce circuit de signes autour de lui. Rien n'échappait au navire armé d'électronique et cette lumière omniprésente et poudroyante le rendait euphorique. La trépidation, le bourdonnement des appareils et des moteurs. Le grand navire irradiait d'énergie magnétique.

Ils échangèrent leurs objets en riant, en poussant des exclamations convenues. Certains marins en profitaient pour tenir Haruo par la taille ou le cou et le cajoler, car il était beau comme une fille. Mais les officiers n'étaient jamais loin.

Puis, là-bas, le chasseur parut prendre une direction nouvelle et précise. Des messages plus actifs parvenaient au navire-usine. Une sorte d'alerte retentissait. On laissa Haruo dans son coin. Le navire vira lui aussi de bord. Il s'approcha un peu du chasseur. Ce dernier, tendu et fuselé sur le flot, profitait d'une éclaircie pour foncer sur sa proie. Un officier prêta ses jumelles à Haruo qui reconnut devant le prédateur d'acier le dos bombé d'une baleine filant, projetant sa vapeur dans une trouée de ciel d'un bleu délicat. La scène ravissait secrètement Haruo. La portion de ciel pur sur laquelle se dessinait la courbe élastique du mastodonte plus sombre, dans l'environnement encore noir des pluies. La baleine évoluait dans la fraîcheur d'une crèche.

Le chasseur accéléra, son étrave se rapprocha de la fuyarde qui plongea, disparut. Toujours écoutée, devinée par le bateau, suivie... Puis quand, un long moment après, elle réapparut dans un angle idéal, le canon braqué fit feu. Le harpon fit éclater la chair de la baleine dans le petit pan d'azur qui la cernait.

Il fallut attendre que le chasseur ramène sa proie contre son flanc et la hale vers le navire-usine plongé dans l'effervescence des hommes postés, distribués selon leurs rôles sous la lumière puissante des projecteurs. La baleine fut avalée par la poupe béante du navire. D'où il était, sur le pont, Haruo ne pouvait pas voir tous les détails des opérations. Mais il entendit le raffut effroyable des pieux, des haches et des scies. Ces lames géantes attaquaient méthodiquement l'énorme corps tout huileux des essences de la mer. Une forte odeur de sang déferla sur les ponts. Une fumée monta du volcan d'organes et d'entrailles. Une puanteur chaude, écœurante. Haruo vit vaciller des falaises de chair qui s'affalaient, englouties par un tunnel. Un bouillonnement de sang obstruait l'espèce d'antre ou de cuve ouverte à l'arrière du bateau, tel un cratère régurgitant les résidus de la bête, des giclées, des éclaboussures de graisse rouge. Des hommes d'équipage balayaient partout, lessivaient ce qui débordait, dégorgeait.

Plus tard, un marin fit descendre et pénétrer Haruo dans une salle longue et vaste, sous des rampes d'éclairage cru. Des bataillons de types s'alignaient, emmitouflés dans des tabliers blancs de la tête aux pieds. Des masques recouvraient leurs bouches. Ces rangées de fantômes virent arriver les premiers morceaux de la géante le long de rails et de tapis roulants où de nouvelles machines sélectionnaient, taillaient, découpaient. Eux-mêmes ne tardèrent pas à entrer en action, chacun à son poste, serrés, concentrés, assenant le même geste, orientant les viandes, les triant, les ventilant sur d'autres labyrinthes que l'on voyait fuir plus loin. Un boucan de machines et de métal électrique rythmait le travail chirurgical. Et déjà, plus loin, des chaînes se mettaient à empaqueter, conditionner diverses pièces…

La nuit venue, Haruo fut entraîné dans une autre partie du bateau. Une porte s'ouvrit soudain. Alors il vit une autre race d'hommes non plus emmitouflés de blouses blanches, mais couverts de grosses laines et de bonnets. La plupart avaient la peau très sombre. Et leurs visages tuméfiés, rongés de sel et de glace, regardaient Haruo en grimaçant des sourires gris. Un froid formidable pénétrait jusqu'aux os. Le givre tapissait tout, blanchissait et gondolait de bourrelets chaque objet. Tout autour des damnés s'entassaient des paquets transparents et durcis qui contenaient les bouts de la baleine, les fragments répertoriés de son cœur, de ses poumons, de ses chairs plus homogènes, de son crâne, de ses ambres, de ses huiles. Il y en avait de toutes les tailles, de toutes les formes aussi longtemps qu'il était possible d'examiner quoi que ce soit, tant la chape effroyable du froid vous minéralisait, attaquait votre peau, la bleuissait, calquait sur vos traits une cagoule boursouflée.

On lui offrit une boisson chaude à la sortie de l'enfer. Et il repartit sur sa barque, se retournant sans cesse pour voir la basilique et tout son arsenal vibrant, bruyant, plongé dans l'éclat de ses mille lumières. C'était un phare immobile et tracassé de fracas, de rumeurs. La baleine semblait avoir été complètement digérée par l'usine qui l'avait transformée en avatars mercantiles et numérotés.

De nouveau, Haruo succombait à la beauté étrange du navire entièrement lumineux. Haruo ne connaissait que les halos intermittents et discrets de son île. Là, c'était une explosion de fluorescences flottant dans des vapeurs d'autre monde. L'existence de ce royaume total, électronique et cannibale le fascinait. L'effroi qu'il dégageait aussi, l'idée de tous ses hommes immaculés, enfouis dans leurs camisoles, étiquetés, embarqués pour un voyage de mort. Mais cela formait une secrète, une puissante unité, donnait le sentiment d'une volonté, d'une ténacité collective. Haruo savait que des navires comparables pouvaient ratisser tous les fonds et vider la mer de Mâ des ressources qui avaient nourri des générations d'insulaires. Mais c'était établi là, campé, carré, échafaudé dans la réverbération d'une galaxie artificielle de lunes et de soleils électriques. Cela se suffisait à soi, vous vampirisait de la manière la plus froide, la plus calculée. Rien pourtant ne lui était moins familier, intime que cette caserne scientifique. C'était l'inverse de la maison de Tô, de sa chambre lacustre.

Les rizières verdirent, habillèrent la plaine et les premiers versants du volcan de leurs compartiments vifs. C'était partout une fourrure fine et claire qui remplissait le regard de sa promesse. Les hommes et les femmes de Kô longeaient les talus, les rigoles, les diguettes moulées, étirées. On inspectait cette marqueterie tendre où l'eau brillait, frangée de noirceurs reflétées. Sur toutes les terrasses curvilignes. Ces minutieux dédales étaient entrecoupés d'espaces plus larges et vierges comme des miroirs où on allait repiquer.

Tô allait voir sa parcelle. Elle marchait le long des étroits corridors, sur la crête des bourrelets, sautait par-dessus un fossé inondé, tassait la terre à un endroit, franchissait une retenue d'eau, coupait des herbes parasites, ouvrait une brèche, aérait. C'était un soin presque coquet, galant. Pour le riz. La gerbe future. Le foisonnement des grains. Haruo ne la quittait pas des yeux. Et il ne la reconnaissait pas. Dès qu'elle reprenait le travail, malgré sa beauté, elle se confondait naturellement avec les autres silhouettes. Elle le regardait. Mais son regard à lui, alors, se dérobait. Avait-elle tout deviné, depuis le début, ses pas autour de la maison, son attente, son espionnite ? Savait-elle qu'il savait ? Le supportait-elle ? Tentait-elle de se décharger sur lui d'une partie de son indicible secret ? Quand Haruo la voyait ainsi, il l'adorait silencieusement, ou bien il avait envie de lui sauter à la gorge en hurlant : « Menteuse ! Menteuse ! Trompeuse ! » Puis sa pensée recommençait d'errer. Il se perdait dans un nouvel assaut de doutes. La surface plane et douce de la lagune comme la peau de Tô agissait tel un leurre. Elle réfléchissait les images de la vie intérieure. Il était prêt à croire que des chimères l'assaillaient. Il avait projeté les figures de ses effrois et de ses désirs sur le cercle lacustre, dans le triangle du volcan noir. Tô était blanche.

Il prit le chemin des grottes, traversant la bambouseraie, cette fois, le long d'un sentier qui longeait un petit lac couvert de nénuphars et de laitues d'eau. Deux buffles s'y rafraîchissaient, seules leurs têtes émergeaient. Larges, ébahies. Une cohue de canards jaunes farfouillait dans les roseaux du rivage. Leur avalanche ondulante et criarde déferlait non loin de deux femmes qui se baignaient. Dès qu'elles aperçurent Haruo, elles l'appelèrent en s'esclaffant. Haruo reconnut Satô accompagnée d'une autre villageoise. Elles prenaient un plaisir intense à sautiller dans le lac, non sans exécuter quelques brasses maladroites au milieu des plantes et des fleurs. Leurs cheveux libres se lissaient dans leur dos et leurs seins surgissaient, trempés, durcis, vernis d'une glu de soleil. Satô, surtout, arborait aux yeux du bel adolescent ses deux mamelons bien galbés, tout ponctués de frissons. Autour des médaillons très sombres, entre les lianes noires de la chevelure, la chair se contractait et révélait sa texture la plus intime, la plus sensuelle. Satô exhortait Haruo à venir les rejoindre. Sans arrêt elle plongeait puis remontait d'un bond et faisait resplendir ses seins dans la gangue des feuilles rondes et grasses. Les canards innombrables et serrés dévalaient un talus, remontaient, inondaient d'une seule nappe vivante et jaune tout un pan de marécage. Ils cancanaient, se dandinaient, lançaient leur bec glouton dans la vase. Et leur corps collectif et grouillant lui parut d'une obscénité qui faisait écho à la chair gourmande de Satô. Haruo eût aimé céder, profiter du désir de l'épouse d'Osamu. Mais son rêve de Tô lui interdisait les jeux communs du plaisir.

Il continua sa route vers le temple de Hô. Les moines balayaient les grottes. Les bodhisattvas sculptés dans la pierre souriaient doucement. Il gagna l'atelier de Hô qui lui annonça que Tô avait accepté de poser avec lui. Cette perspective, loin de soulever un espoir dans le cœur d'Haruo, le remplit d'un secret malaise. Mais la décision de Hô transcendait les états d'âme de ses modèles. On obéissait aux lubies de sa sagesse. Ce n'était pas un ermite rigoureux mais un poète de la religion. On avait vu Hô se baigner nu avec les jeunes moines dans les cuves des sources chaudes. Il avait avec Satô une relation libre et rieuse. Certains racontaient qu'ils avaient été amants. L'emprise de Hô n'était pas due à sa capacité de sacrifice, à son dédain des plaisirs terrestres mais à son expérience, au long voyage qu'il avait fait sur la mer après la mort de sa sœur, aux pays qu'il avait visités, à toutes ses connaissances si paradoxales. L'île était plus superstitieuse qu'authentiquement mystique. On y pratiquait un bouddhisme animiste et rustique assez naïf.

Et le corps le plus ancien de Naoya révélait des traces de cultes phalliques occultés par les premiers moines venus de la grande île mère. De cette espèce de patrie lointaine, perdue, presque oubliée. Les rivières les plus mystérieuses de la forêt d'Oru laissaient affleurer de leur lit de roc des formes sculptées de divinités accouplées. Haruo ne les avait jamais vues. Mais Allan semblait les connaître et Hô avait fait des allusions à ces trésors presque invisibles tant les remous et les torsades de l'eau en brouillaient les lignes. Cette vision remontait aux chasses de sa jeunesse, lorsqu'il voyait se profiler sous la ramure aussi bien la blondeur d'une biche que, grâce à l'ombre qui rendait plus homogène la transparence d'un coin de rivière, le contour des dieux du désir.

Il avait glissé à l'intérieur de l'atelier sans qu'Haruo l'entende. Hô roucoula. Allan apportait des mangues fraîches et des orchidées sauvages. Ses gestes étaient vifs et pratiques. Hô alla lui chercher du riz gluant qu'il lui offrit dans un panier d'osier.

– As-tu des nouvelles de la panthère ? demanda Hô sur le ton de la plus douce ironie.

Du tac au tac avec le plus parfait aplomb, Allan répliqua :

– Je la traque.

– Dans mon enfance, dit Hô, j'en ai vu deux boire dans la rivière des serpents. Mon père et surtout mon grand-père évoquaient leur beauté sauvage. Il y a quelques années je les ai peintes. Elles me sont revenues comme cela.

Hô se dirigea vers une sorte de placard dont il ouvrit la porte. Et d'une main sûre trouva la liasse de dessins concernés. Il en ramena deux où l'on vit l'incurvation souple et légère de la panthère de Naoya le long de la rivière des serpents, sous de fines ramures d'encre noire. Le pinceau, pour restituer le félin, s'était gardé d'appuyer le trait et l'ondulation de la toison était diaphane, presque noyée. La panthère de Naoya, guidée par l'ovale de son crâne rusé, rôdait tel un fantôme dans le reflet de l'eau.

Allan fixait sur les peintures un regard acéré.

Ils quittèrent en même temps l'aire du temple. Allan comme si de rien n'était proposa à Haruo de l'accompagner au campement. Ce dernier hésita mais le suivit. Il savait qu'il devait aller jusqu'au bout du lien qui l'unissait à l'étranger.

Allan évitait tout geste ambigu qui pût rappeler l'étreinte des sources chaudes. Il s'éloigna pour vérifier dans un petit appentis dressé à l'écart contre un des troncs du banian le fonctionnement de ce qu'il appelait ses pièges à lumière. Alors il devenait industrieux. Il s'entêtait sur ses appareils qu'il réussissait presque toujours à réparer.

– Je peux faire marcher l'ordinateur ? demanda Haruo.

Allan acquiesça d'un signe. Haruo entra dans la tente. Le sac de couchage n'avait pas été refermé et la moustiquaire était suspendue dans l'habitacle qui sentait le musc d'Allan. Haruo ne savait pas exactement si cette odeur de suint le dégoûtait ou l'attirait. Ce qu'Allan ignorait peut-être, c'est avec quelle dextérité Haruo avait compris les mécanismes fluides de l'ordinateur. Il pensait que le garçon qui lui paraissait assez maladroit allait se diriger sur ses sites préférés : les villes de la planète qui le fascinaient : New

York, Hong Kong, Kuala Lumpur. Il lui fallait les tours géantes de Chicago, de Bahreïn... En fait, Haruo surfait lestement. Certes, l'obstacle de la langue et des énoncés le gênait, mais l'année passée, Allan lui avait appris des rudiments d'anglais. Et il finissait par entrer dans des programmes et des dossiers inconnus dont les illustrations surtout l'intéressaient. De temps en temps il écoutait, vérifiait qu'Allan continuait de bricoler. Et il plongeait au cœur du labyrinthe, en éveillait les innombrables images. Il savait où le naturiste stockait certaines de ses données. Il y avait des chiffres, des codes, des notes, des classements fastidieux. Il enchaîna une série inédite de clics...

Une clé s'ouvrit, une page le frappa. On y reconnaissait une sculpture de marbre rouge qui représentait un haut phallus taillé de myriades de corps de petites danseuses aux seins nus. Cela fourmillait dans le galbe du sexe érigé, comme des papillons qui en auraient butiné toute la surface. L'objet était répertorié à part, confiné dans le secret de son chiffre et de sa niche et n'avait rien à voir avec une ou deux collections de musée qu'Haruo avait croisées sur le Net. Très vite Haruo changea de secteur. Il revint sur les constellations urbaines décorées de gratte-ciel géants. Il feignit de buter sur un lien et alla chercher son ami. Allan vérifia la gaucherie d'Haruo et débloqua l'information. Il était debout derrière l'adolescent et il posa sa main sur son épaule. Ce contact prit tout de suite dans la conscience d'Haruo un formidable relief. A la fois c'était insupportable, repoussant, mais d'une merveilleuse douceur. Chaud surtout, lourd d'emprise et de protection. Haruo se releva et s'écarta. Il dit très vite :

– Tiens ! J'ai vu Satô se baigner le long de la bambouseraie. Elle était avec une amie.

– Hein ! Tu sais que je couche avec elle. On te l'a dit, hein ! lança Allan.

Haruo se tut.

– Tu voudrais que j'aille les rejoindre… Mais alors tu m'accompagnes !

Haruo fit signe que non.

– Tu as bien une petite amie ?

Haruo flairait le danger. Nul ne devait deviner son amour pour Tô. Il fallait que cette dernière reste aux antipodes des préoccupations d'Allan.

Alors Haruo nomma presque au hasard le nom d'une adolescente de Kô.

– Je ne la connais pas, je suis loin de les connaître tous, avoua Allan en ricanant.

Il défiait doucement Haruo du regard :

– Tu ne viens vraiment pas avec moi ? Tu sais Satô… Puis l'autre fille… Non ? Tu n'as pas peur au moins ?

– Non, je préférerais continuer sur l'ordinateur, dit Haruo avec une expression tendue d'envie et d'innocence jouée.

Allan lui adressa alors un de ses sourires angéliques qui faisaient de loin en loin rayonner son visage comme celui d'un enfant :

– Moi, tu sais, je suis souvent comme toi. Parfois je n'ai plus du tout le désir de voir les femmes. Mon travail m'absorbe, mes repérages, mes rapports. Plus rien n'existe alors. Je suis fondamentalement solitaire. Bien sûr tu peux rester.

Haruo éprouva une étrange fierté à se retrouver seul à la tête des installations d'Allan. A la fois cela le paralysait un peu. D'un côté, il lui semblait qu'en l'absence du chercheur il ne pouvait commettre l'indélicatesse de poursuivre ses fouilles, mais de l'autre la pulsion de découvrir de nouveaux secrets le tenaillait. Il attendit un peu de crainte qu'Allan, rusé, ne revienne puis il refit les opérations qui l'avaient amené à la sculpture. Il ne la retrouvait pas ! Et pourtant il était sûr de l'exactitude de sa démarche. Sa mémoire était intacte. Le doute s'empara de lui. Allan n'avait-il pas escamoté le dossier sous prétexte de débloquer le lien qu'Haruo prétendait chercher ? Il était d'une fulgurante rapidité. Profitant du trouble provoqué par sa main sur l'épaule du garçon aveuglé, il avait peut-être réussi à le leurrer. Mais soudain, Haruo tomba en plein sur le phallus criblé de danseuses, couvert d'un pullulement d'ailes. En découvrant de nouvelles fonctions de la machine, en grossissant des détails, en recadrant l'image il devina autour de l'objet les lignes sinueuses d'un arbre dont il eut l'intuition qu'il s'agissait du banian... Il chercha à en savoir plus, s'évertua mais ne trouva plus rien...

Il ne se représentait pas l'étreinte qui sans doute unissait Allan à Satô, voire aux deux femmes à la fois ! Toutes les images de l'autre nuit alors le bombardèrent. La croupe immaculée et gourmande de Tô jaillissait des nœuds de la bête qui aurait pu l'engloutir comme une rate... Et les longs cheveux noirs flottaient sur la lagune des amantes monstrueuses. D'un coup il se mit à pleurer.

Allan était derrière lui. Il n'eut pas le temps d'essuyer ses yeux.

– Tu pleures donc…

L'expression du chercheur était indéchiffrable.. Malgré sa honte d'être surpris, Haruo perçut ce qu'il y avait d'impénétrable dans le ton de la question d'Allan. Il aurait pu profiter de la situation pour tenter de consoler Haruo d'un geste tendre. Mais c'était la contradiction foncière du personnage, il semblait secrètement braqué, figé par un froid intérieur.

Haruo revit le très saint, le géant rieur. Il contempla longuement ses paysages et lui posa des questions sur l'histoire de l'île et ses rites anciens. Il n'osa évoquer directement le phallus, mais Hô qui s'était récemment exprimé là-dessus devant Allan revint sur le fait que le bouddhisme n'était pas la religion la plus ancienne de l'île. Il parla de dieux innombrables dont Haruo n'avait qu'une connaissance vague. Il raconta de nouveau les signes tracés au fond des plus secrètes rivières d'Oru dans le chatoiement des ombres et des ramures. Il lui dit qu'il se souvenait d'avoir découvert, lors des explorations de chasse de sa jeunesse, un beau ruisseau de marbre rouge. Et il nomma les lingas sauvages des origines. Il s'esclaffa tout à coup et lança :

– Bouddha, c'est plus calme. C'est la miséricorde.

Pendant la nuit, Haruo rumina sur sa couche ses découvertes du jour. Il comprenait enfin ce qui faisait le fond de sa fascination pour Allan. De même que lui-même cachait le secret de Tô, Allan dissimulait les activités clandestines qu'il menait sous le couvert de la science et de la recension des espèces. Allan volait, trafiquait. Hô se serait-il indigné de ces forfaits ? Haruo était persuadé que le vieillard aurait poussé son rire le plus enfantin et signifié au garçon qu'il n'intervenait jamais dans les manigances des hommes, qu'il les laissait se dénouer, qu'une pente ignorée d'eux-mêmes les menait insensiblement là où l'ordre musical des choses devait les conduire. Nul ne pouvait rompre les modulations de la voie du monde.

Avant de repiquer le riz, il fallut inonder les rizières restées nues. C'était l'occasion d'une des grandes fêtes de l'île. Les labyrinthes, les méandres et tous les damiers cultivés dissimulaient un système infini et discret de minuscules barrages, de verrous, de loquets, de bondes, de brèches provisoirement bouchées le long des diguettes innombrables. A l'aube, Hô, le très saint, guidé par un enfant qui tenait un parasol d'or au-dessus de son crâne chauve, prit la tête de la file des moines du temple. L'enfant beaucoup plus petit sautillait pour maintenir l'ombrelle au-dessus du géant.

L'eau dormait dans des bassins de réserves aux lisières de la forêt d'Oru. Le long des contreforts boisés du volcan Gû, des fontaines et des cascades perpétuelles jaillissaient sur des amoncellements de mousses, au milieu des rochers noirs. La troupe faisait le tour des sources merveilleuses. Chacune portait un nom et avait sa légende. Des histoires de bêtes chassées ou métamorphosées, des enlèvements, des singes bénéfiques ou méchants, des serpents fécondants... La transparence de l'eau était le miroir d'une foule de fables amoureuses et carnassières.

Les paysans répandaient des volées de grains de riz sur la surface des eaux. Tô souriait, lançait son bras svelte au-dessus des rivières qu'elle arrosait de semence purificatrice. Haruo la regardait plonger sa longue main blanche dans la corbeille pleine. Les doigts s'enfouissaient dans un cyclone immaculé. On les voyait onduler un instant, devenus invisibles sous les remous. Il aurait voulu capturer cette main envasée dans la blancheur fourmillante dont Tô, comme un enfant sensuel, s'amusait à explorer les fonds. Haruo pensait au rendez-vous pris avec le peintre Hô. Il n'avait échangé aucun mot là-dessus avec Tô. Il connaissait son accord. Le consentement de la jolie veuve le terrifiait mais il avait envie de tenter l'aventure de cette intimité, sous la tutelle du saint.

Plusieurs femmes – visibles ou cachées par les reliefs, échelonnées le long d'une chaîne capricieuse de points dans la forêt, sur les collines ou dans la montagne – étaient suspendues dans l'attente. Un moine fit retentir un coup de gong clair qui éclata dans le silence de Gû. C'était le signal du chant commun, d'une prière qui s'éleva tandis que partout les mains douces et précises se glissaient, telles des anguilles, dans l'interstice des digues, dans les goulets de boue, dans les secrètes matrices des talus, sous les mottes ventrues, pour déclencher l'ouverture de ce qu'on appelait : « Le grand ruissellement ».

D'abord on ne vit rien. Un ravissement silencieux envahissait les villageois. Ils savaient que partout les premières gorgées de limpidité basculaient dans les rus béants. La poussée faisait rouler, entre les bourrelets des diguettes, des torsades de joyaux frais. Toute une marée translucide qui s'infiltrait dans les parcelles, comme dans de grandes écuelles de boues noires. L'onde s'étalait en nappes minces et mobiles, remplissait lentement la surface, puis engouffrait un rayon dans le créneau taillé à travers la diguette de la parcelle voisine. Au bord de la forêt, le long des pentes sombres de Gû, le même manège d'araignée se tissait. Une bijouterie de fils argentés divisés en éventails qui se propageaient à l'assaut de la pâte volcanique. La terre labourée crépitait sous les doigts de l'eau. Et c'étaient maintenant de longues mains vivantes qui s'emparaient des sillons. Un raz de marée dont les gargouillis, les cliquetis, les clochettes résonnaient aux pieds des villageois. Les hommes et les femmes frémissaient à l'écoute de ces sérénades. On eût dit que certains filtres de bambous agissaient comme un réseau de flûtes tant le fluide chantait en cascadant dans d'étroites gorges vernies de boue. Une odeur de vase fraîche, de lait de buffle, de musc, de cochon sauvage montait de la matière fécondée. Et toutes ces immixtions entre les lèvres et les ourlets troublaient les femmes et les hommes. Cette dilatation de tous les sexes de l'eau sur le flanc de Gû. Tô avait envie d'uriner dans sa terre. Haruo bandait dans l'odeur de son désir.

Les vasques longilignes des rizières, leurs compartiments superposés, toutes leurs mosaïques incurvées autour des versants se métamorphosaient peu à peu. Des glacis naissaient, des combinaisons de miroirs, des plaques diamantées. Ce n'était plus l'habillage souple et vert des tiges ni la texture dénudée des labours mais de grands puzzles de cristal.

Le volume de l'eau augmentait, gonflait de sa bulle irisée les rizières les plus basses. Des roues s'activaient pour hisser l'eau sur des zones rocheuses, non loin des sources chaudes. Le grand ruissellement déployait les ramifications de toutes les soifs qu'il satisfaisait graduellement. On sentait que l'assouvissement se poursuivait dans les recoins ingrats, sur les terrains désertiques, dans les failles les plus arides et les croûtes de basalte. La pluie affluait, réveillait les ferments... Les hommes et les femmes de Kô étaient pénétrés d'une joie tentaculaire au fur et à mesure que la chevelure des eaux épandue sur le corps du volcan s'enrichissait de reflets plus profonds et de miroitements dorés.

Ils écoutaient le monstre et devinaient sa blessure rougeoyante et dégorgeante de laves. Il leur fallait la présence abyssale de la fournaise. D'une réserve inépuisable de magma embusquée dans la cheminée de l'ogre divin. Ils marchaient sur le feu, sur un manteau de braises fulminantes. Leur rizière était sculptée à même le crachat volcanique, dans les méandres de son sperme fuligineux. Et la géante pieuvre de l'eau étendait ses bras gluants le long de ces brasiers fossilisés dont elle faisait reluire les cendres et les champs d'escarbilles.

La montagne dressait dans l'imaginaire des paysans une figure inimaginable. C'était un mufle béant. Le dos d'un taureau en rut vitrifié dans son élan génésique. Peut-être une baleine bleu-noir échouée au commencement des temps quand la mer occupait tout l'espace. Mais cela montait aussi comme une pyramide dont chaque gradin accédait à un échelon plus sacré, plus radieux, avec des colliers d'anges, d'animaux et de dieux établis autour de son triangle formidable. Et cela faisait cercle et danse, forêts et guirlandes d'énergies et de signes.

Mais tout au fond des rêves des femmes et des hommes de Kô, le tableau perdait toute identité reconnaissable, se dépouillait de tout paysage déchiffrable. C'était un poumon noir, des viscères de dragon, une crinière d'incendies colossaux, puis d'autres transfigurations de phallus et de vulve informes dont les visions n'apparaissaient jamais dans la clarté de la pensée, mais dardaient, se creusaient dans la matière ruisselante et noire, sur les versants d'une vertigineuse fosse... Une razzia de forces déchaînées la reliait aux précipices des fonds marins et des cavernes sans fin. Parfois c'était un vaste reptile qui étendait sa sphère à toutes les couches de la création qu'il contractait dans sa paume d'écailles ou lâchait en avalanches d'eau et de feu, de rochers, d'îles et de monts. Parfois c'était le volume d'une femme obscure qui s'ouvrait du plus profond de la vision noire, brillance biseautée, fendue dans un chaos de basalte, antre qui happait, obsédait comme une mère du monde enfouie, impensable... Et la cuirasse de feu du volcan en recouvrait la faille intarissable. Quand elle béait dans les rêves d'Haruo, cette avalante source le remplissait d'angoisse. Il lui semblait qu'il était perché, infime et frêle, sur la crête d'un abîme déferlant. Et c'était comme s'il avait perdu l'horreur et la splendeur des choses.

Les villageois rejoignirent les rizières vertes. Pour repiquer, il en fallait déraciner le trop-plein. Les corps alignés avançaient en se courbant et déterraient les pousses fraîches. La mère d'Haruo entra la première dans son champ. Elle leva les yeux vers son fils, qui, de l'autre côté de la parcelle étrangère qui les séparait, venait d'entrer dans sa rizière. Elle contemplait sa vigueur. Non loin de là, Satô travaillait ferme. Dès qu'elle avait constitué une touffe, Osamu et Haruo la voyaient battre le végétal gorgé d'eau et souillé de boue contre ses jambes nues découvertes dans le retroussement du pagne. Pour Haruo elle se serait dénudée plus haut, fouettant ses pulpes zébrées de coulées noires jusqu'à sa toison drue. Ensuite elle ficelait d'un tour de main vif la gerbe rincée. Mais c'est Tô qui requérait la vigilance biaise du garçon. Elle trimait, elle aussi, au ras du sol spongieux vers lequel sa longue silhouette plongeait, pliait, tirant la touffe de riz verte qui grossissait, gluante dans sa main fine. Alors, comme envoûté, il la voyait précipiter la botte contre sa jambe sortie du pagne. De sa brassée de tiges elle faisait dégorger des éclaboussures noires qui enduisaient sa peau d'une gangue d'anguille. Un moment, il n'y eut plus d'espace vierge pour nettoyer le riz. Etait-elle distraite par un rêve au plus pénible de sa tâche ? Se sentait-elle protégée du regard par la disposition de sa parcelle ? Seul Haruo pouvait la voir... Soudain elle découvrit les modelés de sa cuisse magnifique. L'œil d'Haruo gicla, fusionna avec le fuseau gonflé des longs muscles dansants comme de l'or blanc. La cravache juteuse de la botte cingla la chair, la pollua. Tô recommençait sans regarder autour d'elle. La jolie veuve se fouettait avec une régularité, une énergie ascendante et flamboyante qui incrustait des flèches dans le cerveau d'Haruo : éclairs de nudité tatouée de balafres noires le long des cuisses, de leur trésor mouvant, de leur gerbe de galbes incandescents. Il aurait voulu ramper au pied de Tô, entrer dans son rêve de feu, lécher la gaine de gadoue, avaler tout jusqu'à la fourche sous les bourrelets torsadés du pagne dont, de sa main libre, elle retenait la grappe par à-coups.

La nuit, cette cisaille des cuisses mordit le corps nu d'Haruo écartelé sur sa couche. La vision l'obsédait, il étranglait entre ses doigts son membre dressé. La marche têtue et vengeresse de Tô. Ou sa jubilation fiévreuse. Pensait-elle à la pieuvre en laçant le cylindre de sa cuisse d'une averse de tentacules visqueux ? Jouissait-elle du remugle ouvert dans le trou des tiges extirpées de la boue ? Lui-même eut envie de se flageller, de s'engloutir dans le limon de la rizière. Un flash alluma en lui la silhouette d'Allan, échevelé, sauvage, le rouant de coups et de baisers voraces. Haruo avait envie dans un sursaut de rébellion de lui sauter à la gorge, de le mordre jusqu'à la carotide et de s'ensevelir dans une agonie de sang.

Ils entrèrent dans le damier d'eaux claires, leurs pas coupèrent les rectangles et les purs miroirs. En ligne, respectant les mêmes espacements. Les femmes et les hommes reculaient en enfouissant, en repiquant les pousses. Les tiges sortaient de l'eau à intervalles réguliers et cela formait, au fur et à mesure que le travail avançait, de grandes surfaces ponctuées, un maillage méticuleux de points. De loin, lorsque Haruo regardait les autres rizières, sur la surface d'eaux blanches s'inscrivaient des colonies parallèles de signes et de graphes. Les hampes courtes et sombres biffaient la transparence, y tissaient leurs écritures fines.

Ce n'était plus le foisonnement vert des rizières initiales, ni les alvéoles terraquées, ni les bassins remplis d'eau nue mais des pages et des pages plus subtiles qui rappelaient à Haruo les chapelets de signes apparaissant sur l'écran fluide de l'ordinateur. C'était discret, pertinent, étudié. Cela indiquait non plus l'efflorescence des germes mais une œuvre de connaissance, une étape volontaire et calculée qui recouvrait la montagne de langage. Et cela le calmait un peu de ses hantises nocturnes, d'autant plus qu'il contemplait le message que Tô semblait lui dédier en écrivant sa rizière de mots.

Hô les accueillit dans l'atelier et dans le cercle de son rire mystérieux. La cloche du temple sonna. Une grande paix se répandit jusqu'à l'orée d'Oru. Un jeune moine vint préparer le thé. C'était une variété singulière, cultivée par un petit groupe de disciples et qui suffisait à la communauté. Les feuilles subissaient un traitement délicat et complexe. Le breuvage avait un goût de sauvagine et de musc marin. Haruo savourait de le boire en même temps que Tô, c'était comme s'ils s'étaient gorgés de la même source et du même philtre.

Elle était là. Droite et grande. Immaculée, souple, noire. Il la voyait. Mais il n'osait jamais la regarder vraiment. Elle portait une fine blouse cintrée et son plus beau pagne de soie jaune, aux motifs d'orchidées et d'oiseaux. Le thé les brûlait, les remplissait de son fleuve animal et chaud. Haruo fut envahi d'une sueur brusque qui embua son front, fit rosir sa peau. Ses aisselles étaient moites. Quelques gouttes perlèrent aussi sur le front de Tô. Un invisible rai de sueur entre ses seins dont elle sentit le doigt. Hô paraissait doucement se dilater dans l'ardeur de l'alchimique boisson. De quelles essences, de quel mélange érotique et pieux était faite cette spécialité monastique ? La cloche tinta une nouvelle fois. Il sembla à Haruo que cette résonance pure du bronze, dans le silence du thé, n'était pas tant dédiée à Kannon qu'à Tô.

Hô avait préparé l'encre, les terres, les pierres, les pigments et différents pinceaux ou roseaux effilés. Ainsi que de grandes feuilles pâles comme du riz.

Il ramena Tô et Haruo devant lui. Il attendit. Les respirant comme à l'écoute de leur rayonnement et du magnétisme secret produits par l'impact de leurs corps dressés dans l'espace. Il tendit d'abord la main vers le visage d'Haruo dont il inspecta les contours, les lignes de force, la densité avec une douceur ferme. Collant presque son corps contre le garçon, il le mesura : épaules, bassin, jusqu'aux pieds vers lesquels il s'agenouilla pour se les épeler, se les décrire doigt après doigt, tâtant dessous, en repérant le réseau des nerfs. Il remonta, de ses bras lents, effleurant toute la silhouette dont il paraissait dessiner le double.

Il s'approcha de Tô. Haruo vit le géant envelopper de sa carrure le corps de la jeune femme. Tels ceux d'un sculpteur, les doigts du très saint parcoururent les modelés du crâne en écartant la verticale fluide des cheveux noirs, dégageant les tempes translucides. Il voyagea longuement sur la face, la saillie des pommettes, le nez fin, le petit menton arrondi. La pulpe de l'index toucha les ourlets tendres des lèvres. Haruo regardait Tô comme il ne l'avait jamais fait. Hô l'induisait dans sa propre exploration. Les yeux de Tô, immenses et finement arqués sous les bords quasi transparents des paupières, prenaient des nuances noires et profondes où dansaient de douces flammes.

Hô palpait le cou blanc, le long tuyau de nuque strié de cheveux curvilignes, distincts et clandestins comme des poils intimes. L'amorce des épaules, leurs galets osseux, sinueux, et leur envergure svelte. Ses mains descendaient le long de la blouse et ne craignaient pas d'épouser la courbure exacte des mamelons voilés. Il calibrait la taille, éprouvait l'élasticité du dos. Une expression de sculpteur sensuel et puissant creusa sa face quand il insista à la racine des reins, appuyant sur leur empattement musculeux, remontant tout le long de la gerbe des forces de l'échine. Il souleva les bras et étudia longuement l'arceau de l'aisselle et son aile de tendons. Puis, dévalant la colonne vertébrale d'une pression continue du pouce, il engloba dans ses mains larges la croupe très ronde.

Haruo, transi, regardait la blouse fine se tendre, couler sur les galbes de Tô, se crisper doucement, se rengorger sur les globes, se lisser sur les arrondis vivants, les sillons, les fuselés, les étirés, les oves... Le corps de Tô naissait de la forge de Hô. Campé, charpenté dans son énergie flexible. Long bambou dont les formes et les fleurs s'épanouissaient, chantaient entre les mains du saint.

Il embrassa le bassin, cerna les hanches étroites, allongea ses longs doigts vers le triangle du ventre dont il sembla révéler le bombé délicieux précédant ce creusement qui subjugua Haruo, la dérobade secrète de la soie vers la pointe de l'angle. Cette chute, cet effacement de la substance qui ne laissait qu'un mince tissu de fibres caves autour du renflé de la motte. Tô se laissait faire, les yeux baissés maintenant comme si Hô taillait à même son corps la ligne moulée d'un pagne. Puis le vénérable, à pleines mains, pétrit la plénitude longue des cuisses dont Haruo suivait les miroitements, les lingots gainés de soie vive, jusqu'aux chevilles, jusqu'aux bijoux des pieds dont le travail des champs n'avait pas encore racorni les nacres.

Il les installa sur un tapis noir, agenouillés, face à face mais disposés en oblique. Il attendit, leur prodigua son rire de moquerie mystique, il les emmaillota dans les perles fines de sa gaieté. Il étala un rouleau sur le sol qu'il inonda de gris noyé et de blancheur. Alors, d'un geste vif il élança le pinceau trempé d'encre. Son trait fusa de la source la plus précieuse des corps, de leur fluide vital, animé dans son vol par le souffle de Hô, ample et léger. Le jus mince et ondoyant de l'encre engendrait le génie des galbes, leur course, leurs croisements, leurs voûtes, leurs fourches et leurs flèches de chair. Hô paraissait planer, porté par le courant du monde et de la connaissance.

Il y eut une pause. Il servit de nouvelles rasades de thé dont émanait un relent euphorique d'écailles mûries et de feuilles fermentées dans les soufres et les fièvres de Gû et dans l'urine des bufflons. Un liquide masculin et femelle, malaxé de bestial et de divin.

Alors Hô, poussant un grand rire qui fracassait toute règle, lança tout de go :

– C'est la pisse sacrée de Kannon !

Tô baissa la tête en émettant un petit « oh ! » de peur et de pudeur. Tant le géant mêlait alertement les registres et les règnes.

Avec l'autorité que lui conférait son aura, il leur demanda d'une voix nette et douce de retirer leurs blouses. L'encre le désirait, tout un foyer de laves et de levains les appelait. Il n'en allait plus de la seule volonté du peintre sacré, c'était la création qui les transportait et peut-être, en secret, le souvenir de l'aveuglante nuit où le tremblement de terre tua la sœur du saint, dévoilant la vision impossible de sa beauté nue dont il ne savait si elle appartenait à la vie ou à la mort.

Hô voyait le torse vigoureux, équilibré d'Haruo, sa peau vierge tressée de jeunes muscles. Sa taille étroite, la naissance de son ventre très creux s'enfouissant sous la ceinture du pagne. Il voyait, dans la noirceur des cheveux de Tô, saillir ses mamelons d'une rondeur fuselée qu'harponnaient les bouts d'un noir violet de nuit. Ses membres graciles, la texture souple de ses flancs fleuris comme des arums.

Haruo regardait et s'incrustait dans sa vision un foisonnement d'ombres sensuelles. Des surfaces d'ivoire éclatant alternaient avec des coulées plus sournoises, jaunes et brunies, sous la faucille des côtes. Ses prunelles s'enivraient de saisir, dans la cascade des cheveux poivrés, l'érection des tétons veinés, ornés de leurs boutons tels des fruits d'Oru.

Hô était repris, happé par l'onde et la marée du monde. Les détails crus des corps s'incarnaient comme les monts, les cascades, les arbres et les coraux. L'encre devenait dense, épaissie de sang, gorgée de noire substance. Puis la matière s'évanouissait dans des lacs et des limpidités qui signifiaient la peau, sa beauté conçue dans une eau diaphane où Hô cessait d'appuyer ou d'agir, si tant est qu'on pût définir son geste d'oiseau, de poisson des roseaux, son vol d'âme dans la fumée de Gû confondue à la respiration des écumes et des nuées.

Les yeux d'Haruo rencontrèrent enfin ceux de Tô.

Leurs torses étaient encore nus. Ils n'osaient se rhabiller avant qu'Hô le leur dise. Perplexes et doux ils restaient en suspens. Et leur regard était posé l'un sur l'autre. Leurs prunelles nues comme leur peau. C'était un regard sans taie, sans expression qui le vêtît. Ils sentaient leurs prunelles frissonner. Mais Haruo, saisi, n'était pas en mesure de donner une intention à son regard écarquillé dans le vif. C'est ensuite qu'il revit les yeux de Tô, dans la lumière de sa pensée. Alors il lui sembla qu'elle n'avait pas eu la même nudité de regard que lui, qu'elle avait dirigé sur lui l'amande de ses yeux vivants où une curiosité perçait, une expression plus précise, quelle pointe d'intimité, de secret partagé, quelle trace de complicité nue ? Cela n'avait plus de rapport avec la gamme programmée des échanges qui les liait dans les tâches des rizières. Un espace inédit venait de s'ouvrir dans la chaleur du thé, son ambre parfumé. Dans la sensualité du saint gourmand de lignes, de courbes pétries. Un rituel qui les arrachait à la banalité des jours et dont Haruo sentait qu'il rapprochait Tô de sa rencontre inouïe, qu'il faisait écho à cette surprise née des cavernes profondes. L'onde de l'encre, la sinuosité du trait les avait enlacés, peau à peau, dans l'élan des forces tourbillonnantes. Cet acte les unissait. C'était comme s'ils s'étaient touchés. Les seins de Tô jaillis de la chevelure appartenaient un peu à Haruo. Et le torse limpide et nervuré d'Haruo entrait un peu lui aussi dans le corps et la pensée de Tô. Ils avaient humé leurs sueurs mêlées, dans l'effluve du thé, sa pelisse de renard et de singe doré.

Hô se mouvait lentement en riant. Il ne leur montra pas les rouleaux. Il leur déclara que c'était un commencement.

Que la ligne était advenue, qu'elle continuait de vivre, qu'elle les reprendrait bientôt dans sa vague.

Tô voulut prier devant la statue de la déesse. Haruo n'osa pas l'accompagner. Il se demandait sur le sentier du retour, dans les reflets réguliers de la bambouseraie, quel pouvait être le contenu de ces dévotions ? Aspirait-elle à exorciser le charme de la pieuvre ou attendait-elle de la féminine Kannon une compréhension divine ?

Une joie se dilatait dans son cœur, car sa mémoire était assaillie de sensations fraîches : une pluie de cheveux noirs sur des épaules nues. Toute la chair réelle, débusquée de Tô, sans le flou des claies et des moirures de la lune. Sans foudre. Ces perceptions concrètes n'effaçaient pas cependant la flamboyance de la vision originelle. Il restait toujours greffé à cette aveuglante folie. Mais une histoire avait commencé, dans le temps vrai, égrené heure après heure, dans la matière triviale et douce de la durée. Certes, il n'avait pas vu Tô entièrement nue. Par ailleurs, les femmes de Kô s'activaient facilement, seins nus, dans leur cour, ou leur bain. Il n'y avait rien d'extraordinaire à cette exhibition. Mais il était rare que Tô se montre ainsi au grand jour. C'était le principe de sa chair, la nature de son grain qu'il découvrait donc, une intarissable mine de méditations.

Il eut envie de se baigner dans la mer dont il rejoignit le rivage par un raccourci. Des roseaux frangeaient l'eau turquoise. La plage étroite était verrouillée par deux amoncellements rocheux qui coupaient la vue de côté. Mais devant lui, il voyait la mer changer peu à peu de couleur et bleuir d'un azur intense jusqu'à la ligne crénelée des coraux et la herse des brisants éclatants. Le flot s'épanouissait comme le cœur d'Haruo dans un large disque de lumière resplendissante. Il bandait et se regardait bander en souriant quand il la vit surgir riante et nue, ses mamelons lancés, remués dans sa course, ses fesses robustes, le poil de son pubis très noir sur son ventre jaune. Satô devant lui, enchantée, extasiée à la vue de sa verge qui – bien que surprise – n'avait pas eu le temps de perdre son galbe droit et lisse. Il essayait de la recouvrir de sa main, ce qui faisait s'esclaffer Satô de polissonnerie. Sans hésiter, elle écarta cette main pour saisir entre ses doigts le sexe d'Haruo. Il ne se dégagea pas. Elle le fixait, les yeux remplis d'une excitation curieuse, étincelante, en le caressant avec une hâte douce. Elle tenta de se rapprocher, de l'étreindre contre ses seins, son ventre, mais il reculait sans tout à fait dérober la verge tendue. Elle lui souriait avec une force de persuasion émerveillée, concentrée sur le feu qu'elle provoquait, fascinée par les réactions du garçon qu'elle désirait depuis si longtemps. Elle le sondait, dosait sa caresse selon les moindres émois qu'il manifestait. Elle tenta encore de se couler contre lui. Il maintenait l'écart tandis que l'odeur de Satô l'envahissait, de sa sueur, de ses cheveux lourds, de son pubis sur le fond brasillant de la mer. Le dédale de ses turquoises, de ses étendards bleus, piquetés de cristaux de soleil. Une rafale de brise crispa la ligne des roseaux. Elle le maniait avec une adresse fine et gourmande, un œil de connaisseuse rusée. Elle passait sans cesse de son regard – dont elle interprétait le moindre signe, langueur ou revif – à sa verge gonflée de sang violet comme la couleur des vagues ultimes, acérées sur le corail. Quand elle comprit à sa prunelle pâmée que l'irrésistible allait éclater, elle entra pour ainsi dire entre ses bras. Fourra bouche et langue entre ses lèvres béantes. Lui saisit les fesses avec fringale, collée, agglutinée contre le sexe qu'elle massait maintenant directement avec les muscles de son ventre et le pinceau noir de ses poils. Il précipita plusieurs jets sur la chair de Satô. C'était brûlant, cela le soulevait. Il criait. Et de nouvelles salves les éclaboussaient tandis qu'elle se frottait contre lui, lui saisissant la main, l'emprisonnant sous la sienne pour le guider vers la source de son plaisir à elle auquel il collaborait en épuisant la chaîne de ses spasmes. Alors elle poussa un gémissement aigu, en lui griffant dos et fesses. Furieuse, secouée de remous, de frissons, l'œil perdu dans un paradis sans fond, bienheureuse, le léchant en rêvant, le mordant, l'entraînant sur le sable pour rouler sur lui, le chevaucher, s'effondrer sur sa poitrine ruisselante.

Ils se baignèrent dans la mer exquise. Alors ils l'entendirent crier, gronder, injurier : Osamu bondissait sur le sable. Il entrait dans les premières vagues. Il voulait étrangler le bel adolescent Haruo.

Satô ne perdit pas son sang-froid.

– Arrête, couillon ! Il est vierge ! vierge, je le jure, il ne m'a rien fait. C'est par hasard qu'on se baigne là !

Osamu, hideux de haine, s'essoufflait dans l'eau. Haruo filait plus vite que lui en direction des coraux. Satô réussit à rattraper son mari. Elle se débattait contre lui en répétant :

– Il est complètement puceau, je le jure sur Kannon, la déesse. Sur la déesse !

Elle se mit à rire en brandissant « son puceau » triomphant. Elle éclatait de rire, se moquait de la rage d'Osamu.

– Tout le monde sait qu'il est vierge et qu'il fuit les femmes. Il n'est pas comme toi, Osamu ! Il a peur d'elles. Il n'aime pas les filles. Aveugle que tu es !

Osamu avait beau essayer de fendre furieusement le flot, c'était en vain, car Haruo, nageur leste, restait hors de portée. Osamu finit par regagner la plage avec Satô qu'il empoigna comme pour l'étrangler. Elle lui flanqua une retentissante claque en se dégageant d'un tour de reins. Osamu s'exclamait :

– Jure-moi qu'il est encore vierge ! Jure-le sur tes parents et sur la déesse !

– Je le jure sur le mont Gû ! Et sur les créatures de la mer profonde !

Satô droite et charnue, le panache de son pubis gonflé entre ses cuisses courtes et dorées, jurait qu'Haruo était comme une fille, qu'il ne puiserait jamais à la fente d'une femme ! Osamu s'assit sur le sable, la tête entre les mains. Elle vint auprès de lui le calmer, lui parler gentiment. Il la rabrouait, lançait encore des regards vers ce nageur vierge qui volait sur les crêtes de la mer écumante.

Elle lui disait doucement :

– C'est le bel adolescent Haruo, tout le monde sait qu'il est pur et veut devenir moine.

Et pour parachever le travail, elle lui chuchota :

– Moine, à moins qu'il ne préfère la présence d'Allan. Il adore l'étranger, c'est connu ! Il est toujours fourré avec lui dans la forêt. Tu vois comme tu es brutal et bête.

Cette nuit-là, Haruo se tint à distance de la maison de Tô qui, de loin, paraissait une lampe tigrée d'ombres. Il erra le long du rivage de Kô. Derrière lui les cabanes dormaient sur une langue de terre étirée entre mer et lagune. C'était une colonie de tortues à demi enfouies, en train de pondre lentement sous les étoiles.

Après la colère qu'Osamu avait fait éclater contre lui, il ne pouvait plus songer à emprunter sa barque à moteur. Il prit donc sa propre pirogue pour rayer de sa rame la surface de l'eau. L'étrave coupait l'eau fraîche d'une déchirure prolongée et discrète qu'enveloppait le silence de la nuit. Tout mouvement semblait un viol, une décision sournoise, un entêtement trouble. Dans la sérénité de la grande chose marine.

Haruo se dirigea vers le volume noir du volcan. Son magnétisme ténébreux exerçait une attraction mystérieusement protectrice dans la vacuité des eaux sans limites. Vissé au cœur de l'île, il en était le pilier. C'était vers le père du monde qu'Haruo voguait, toujours dévoré du manque de Tô dont la maison s'était noyée au bout de sa flèche de lagune, dans une flaque de nuit. Et le père se haussait, déployait son vol formidable d'ailes et de versants noirs. Telle l'envergure d'un aigle de fable dont le bec trempé d'or eût été le cratère ouvert.

Au-delà du feu régurgité dans le flot, émergea le dos bombé de l'île aux murènes, toute percée de fosses et d'invisibles puits où les reines dévoratrices tramaient leurs colliers de goules veules. Leurs flancs mouchetés d'or et leurs mâchoires crochues s'embusquaient entre les gradins de vivant corail qui entouraient le disque de basalte. Haruo glissa sa pirogue dans une entaille du roc. Il voyait luire autour de lui les parois angulaires et noires. C'étaient les aiglons, les corbeaux nés de la semence de Gû, sa progéniture de blocs cyclopéens éparpillés dans la mer. Ses crottes géantes coagulées dans les courants. Haruo abandonna sa barque calée entre les morceaux de basalte et se hissa à la surface de l'île qui était lisse comme un couteau d'ogre. De côté, il regardait planer dans le ciel clair le ventre de Gû et son cou hiératique. Les étoiles pleuvaient sur cette gorge dressée, l'inondaient de leurs rais de sang vierge. Et la boucherie du cratère continuait sa manducation de braises. Haruo sentait monter en lui un élan de désir angoissé où le corps réel de Tô apparaissait, moulé par les mains du géant Hô qui se mêlaient soudain à celles de la pieuvre grandissante et profonde, surgie du fond de l'atelier, de son œuvre. C'était la chienne cachée de Hô, moine nomade, moine corrompu par son voyage et son savoir de l'art, homme redoutable et concupiscent... Ainsi délirait Haruo dans l'ombre du père, la sauvagerie de sa nuque érigée, tatouée de rouge, sur la nappe immense de la mer de Mâ. Des folies le traversaient où il désirait qu'Oryui le prenne et l'étrangle dans une étreinte triangulaire où son corps eût été enfoncé dans la blancheur des cuisses de Tô, dans les lacets de son sexe noir qu'il n'arrivait toujours pas à voir… Il en fut tiré par un ronronnement, d'abord à peine perceptible, puis un bourdonnement plus net d'essaim tout nervuré de vibrations sonores. Une barque à moteur approchait, droit devant, venue de la face opposée du volcan, la plus cachée, du côté des marais et de la forêt d'Oru. Haruo s'aplatit sur son rocher. L'intruse rôdait sur la mer, longeant la côte et l'îlot dont elle rasa le bord. Alors Haruo reconnut la silhouette d'Allan sur une sorte de bateau pneumatique qu'il avait déjà vu à bord des navires-usines.

L'embarcation se mit à quadriller toute une zone marine au-dessus des cavernes profondes. Elle patrouillait, inspectait la surface, s'arrêtait régulièrement. Alors, Allan braquait sur la masse des eaux le faisceau puissant d'une torche. Haruo savait qu'à cet endroit affleuraient des vagues pétrifiées de laves et des amoncellements de ponce trouée de grottes et de dédales dégringolant dans les abysses. Le bateau pneumatique s'immobilisa plus longtemps. Et Haruo crut distinguer, au mouvement de l'ombre d'Allan suivi de sa disparition, que ce dernier s'était glissé dans la mer avec tout un matériel spécialisé. Allan explorait dans le phare de sa lampe les contours tourmentés des fosses. Il nageait sous la peau même de Mâ. Il osait tout. Lui, le naturaliste des forêts, attaché strictement à son enquête sur les dernières panthères de Naoya, l'homme du banian, le beau chasseur terrestre se métamorphosait, la nuit, en poisson, en murène insidieuse et vorace. Il changeait de règne, il bousculait l'ordre des choses, il brouillait tout de sa nature chaotique. Le pervers déviait de son rôle officiel. Une vive clarté se fit dans le crâne d'Haruo, avivée par la révélation du phallus volé dont l'image était apparue sur l'écran de l'ordinateur. Les fonctions d'Allan n'étaient qu'un leurre pour masquer d'autres curiosités, des rapines et des captures insoupçonnées. Haruo se demandait si les fonds étaient susceptibles de contenir des vestiges sculptés comme ceux qui ornaient le lit des plus secrètes rivières d'Oru. Les tremblements de terre, les grands effondrements auraient-ils fait basculer sous la mer des pans de pierre taillés de phallus ou de danses nuptiales ?

Allan revint à la surface et grimpa sur son bateau dont le moteur redémarra. Il se dirigea vers l'îlot des murènes. Haruo se tapit sur le dos lisse du roc. Il fit corps avec sa masse volcanique tandis qu'Allan, une fois encore, les frôlait au ralenti. Il dirigea soudain le rai de sa torche sur le pourtour du disque marin. Puis il s'éloigna et disparut derrière la montagne.

Haruo n'avait jamais vu le bateau dans le campement d'Allan. Il avait dû le cacher ailleurs. Probablement le long d'une rivière dont le cours conduisait à la mer, à travers le marais.

Un rapprochement brusque se fit dans la tête d'Haruo. Tô rencontrait la pieuvre nocturne dans le plus grand secret de même qu'Allan s'aventurait sur l'élément marin à la faveur des ténèbres. Il plongeait au cœur des eaux vives dont il explorait les entrailles. Il violait une sorte de pacte qu'il avait scellé avec les habitants de l'île qui ne lui avaient concédé que le plus noir d'Oru, cette forêt dont ils redoutaient les esprits malins. Il débordait, il les envahissait...

Alors une autre intuition jaillit qui remplit Haruo d'épouvante. Et si la quête et le trafic de pièces sculptées n'étaient qu'une activité annexe, un nouveau leurre voilant la curiosité centrale d'Allan: la pieuvre Oryui.

A présent, ce pressentiment le rongeait. Tout dans la nature torve d'Allan le prédisposait à flairer l'existence d'un mystère plus fort que tous les autres objets habituels de ses explorations. Qu'avait-il à faire de l'hypothétique panthère de Naoya que Hô évoquait en la recouvrant de son rire le plus dissolvant, de sa dérision la plus philosophique? Elle n'était donc plus qu'un motif pictural, l'ondoiement d'une ligne, une possibilité merveilleuse de l'encre... Non, Allan cherchait d'autres proies, il lui fallait des passions dévorantes et sensuelles: pillages de trésors et découverte de l'animal le plus rare, de l'espèce que n'attestait qu'une rumeur de récits fabuleux. Des témoins qui avaient vu la pieuvre le lendemain du tremblement de terre avaient-ils parlé? Satô! Haruo l'imaginait, au cours d'une nuit d'amour fertile en parades et rituels retors, dessinant l'image de la pieuvre, l'entrelaçant autour des reins de son amant, lui en retraçant le portrait exact pour l'étonner, l'exciter. Mimer les voltes et les cercles luisants des tentacules et la somptuosité du ventre étoilé quand la bête était apparue aux villageois, le lendemain du tremblement de terre... Allan dans la maison du pêcheur Osmu saturée d'une puanteur d'écailles et de poisson séché devait se repaître de cette description de la pieuvre géante. Elle déployait dans son cerveau fiévreux une voûte de visions fantasmagoriques. A moins que le témoignage de son amante n'ait fait que confirmer l'existence de l'objet de sa véritable enquête, en en délivrant une trace indubitable. Mais, alors, qui à l'origine aurait parlé de la pieuvre à Allan ? Quel texte, quel récit, empruntant des relais inimaginables, seraient parvenus à l'oreille du naturaliste, dans son pays lointain ?

Haruo se débattait maintenant contre son hypothèse. L'amour de Tô qui le captivait insinuait donc les pires soupçons dans son imagination malade d'angoisse. Toujours il avait redouté ce jour fatal où un hasard confronterait l'œil du chasseur à la beauté de Tô. Satô avait dû parler de son amie… Mais une relation si banale pouvait-elle intéresser Allan ? Satô qui entendait le garder jalousement avait dû justement éviter l'évocation de son amie plus belle, de même que Tô lui cachait l'emprise de la pieuvre.

La probabilité laissait présager qu'Allan poursuivait dans la mer des investigations profanes. Recherche de reliques lucratives comparables au phallus pullulant de danseuses papillonnantes.

L'horreur absolue serait qu'Allan découvre la maison lacustre et assiste à la visite monstrueuse. Là, Haruo savait qu'il le tuerait, qu'il mettrait toutes ses forces à le tuer. Non sous l'effet d'une rage aveugle à laquelle saurait parer le sang-froid d'Allan. L'enjeu était sacré, il s'agissait de la splendeur de Tô et d'un amour qui devait rester méconnu des hommes. Alors, Haruo sut, au tréfonds de lui-même, qu'Allan cette fois aurait le dessous. Haruo déploierait un génie de patience, de calcul, de perversité pour happer le profanateur dans un piège. Il le tuerait. Et c'était une chose sûre et dure comme le roc des murènes, sa hache de basalte. Pour la première fois depuis qu'il faisait l'expérience lucide de sa vie intérieure, saillait une certitude : Allan jamais n'attenterait au secret de Tô. Jamais. Cette rigoureuse loi étayait désormais tout son être. Cette direction infrangible. Dans la confusion des pensées et le harcèlement hallucinatoire où l'avait plongé la primitive lumière de Tô jaillie du toit renversé, dans cet aveuglement qui n'avait plus eu de cesse, où flamboyait la merveilleuse nudité fendue par le charbon de la foudre –, enfin il voyait cette évidence frontale couper tous les miroirs et les lacis spécieux : il tuerait l'intrus. De même que l'île était construite sur le triangle du volcan, lui-même découvrait l'architecture nécessaire de son moi. Le meurtre si Allan osait. Le décret tombait : il tuerait le violeur.

En revenant sur sa pirogue, il vit apparaître la chambre de Tô sur les pilotis noirs et purs. L'eau était de la blancheur de la lune. La jolie veuve reposait dans sa chevelure. Cette image le dévora de mélancolie. Il sentit que sa vie même, la source de son lyrisme, de son désir et de sa douleur procédaient de la maison endormie, de son surnaturel silence, de la pléthore du secret qui la saturait. C'était si fort qu'Haruo avait l'impression que son cœur aurait pu céder telles les digues des rizières nourricières, et tout son sang déborder en une vague de vie extrême et de mort où il aurait sombré jusqu'à ce que s'évanouisse, au fond de la nuit ultime, la lampe que Tô, dans ses obsessions de garçon halluciné, tenait entre ses cuisses. La flamme illuminait la peau pâle comme de la cire et retranchait de la vue et du monde humain la mèche secrète et sombre qui en occupait le foyer.

Le lendemain il lui fallut voir Allan. Le rejoindre dans cette forêt qui n'était que son paraître. Allan ne semblait se douter de rien. Au contraire, il salua l'arrivée du garçon avec douceur. Haruo savait que c'était un détour de sa patience, qu'il n'attendait que le moment propice pour réitérer l'élan des sources chaudes.

Ils partagèrent de l'eau fraîche et des baies de la forêt. Haruo découvrit soudain qu'Allan avait planté dans un pot et dans un repli du banian une tige d'orchidées fleuries. Les corolles s'agglutinaient brunes et ocellées d'or comme la casaque des murènes. Allan sourit en suivant le regard d'Haruo.

– Elles sont très belles, n'est-ce pas ? et rares... Je les ai cueillies le long des secrètes rivières d'Oru.

Alors, il ficha un regard flamboyant dans celui d'Haruo et lui sortit tout de go :

– J'avais l'intention, avant que tu n'arrives, d'escalader le mont Gû. Maintenant, je voudrais que tu m'accompagnes.

Haruo accepta. Il lui fallait épouser les méandres et les circuits les plus inattendus de la pensée d'Allan, de ses pulsions. L'affaire prenait le tour d'un de ces rites qu'il inventait selon sa fantaisie pour fasciner autrui. Et comme pour confirmer la chose, Allan s'enfonçant dans les arborescences profondes du banian en rapporta une cage dont un jeune macaque agrippait les barreaux en couinant, tout tremblant.

– Je l'ai attrapé presque à la porte de ma tente. Sa mère l'avait abandonné. On l'emmène ! Tu le porteras, si tu veux. Car tu dois le savoir, on ne peut tenter de gravir le volcan jusqu'au sommet qu'avec le viatique du singe doré.

Haruo ignorait ce rituel. Il savait seulement que des femmes étaient montées là-haut, après le grand tremblement qui avait tué la sœur de Hô et quand les laves de l'irruption s'étaient taries. Alors elles avaient orné le cratère sacré de colliers de fleurs d'orchidées. Hô les lui avait décrites, du fond de sa mémoire, toutes les femmes de Naoya en cercle, les mains jointes au-dessus de leur tête, après avoir déposé les fleurs les plus rares d'Oru.

Ils traversèrent une partie de la forêt, le long d'un sentier où Allan se coulait avec agilité. Il exécuta un saut brusque au-dessus d'un éventail de branches basses et glissa un regard sur Haruo témoin de sa prouesse. Ce dernier, au lieu de relever le défi, s'inclina, souleva l'entrelacs feuillu et passa dessous, non sans s'être un instant couronné comme un dieu sylvestre. Allan, de biais, n'avait pas manqué de saisir la beauté du garçon sous sa coiffe de ramures et de lianes. Ils longèrent en silence les sources chaudes. Les cuves fumaient dans la moiteur des mousses ruisselantes. Le visage d'Allan évitait toute mimique de complicité. Il se fermait, impassible, comme si ce décor ne les concernait pas. Haruo éprouva une nausée dans l'odeur fade des vapeurs qui imprégnait les parois suintantes des bassins. Puis un afflux de haine le brûla. Il glissa sur une pierre visqueuse, son genou heurta le sol. Il se releva aussitôt, croisant le froid regard d'Allan, sans mémoire, tout renfermé en lui-même, en proie à quel sombre ressassement ? Haruo préférait ce visage opaque aux sourires insidieux dont Allan aurait pu le gratifier, en faisant ainsi allusion à leur bain récent. Mais Allan avait le génie du contretemps. Il ne riait pas forcément à propos. Puis son ricanement retentissait alors que rien ne semblait devoir le provoquer. C'était un homme adroit dès que c'était vital, calculateur, capable de toutes les souplesses, de toutes les suavités, sensitif à l'extrême, mais intempestif et revêche. Tout à coup verrouillé quand justement l'occasion se prêtait à la connivence heureuse.

Ils remontèrent une petite file de moinillons parés de leur robe solaire. Les jeunes bonzes tenaient dans leurs mains des bols de riz pleins qu'ils rapportaient des villages. Ils échangèrent des salutations. Allan ficha son regard noir sur un long garçon aux traits purs et polis et à la peau dorée dont le pagne ceignait la silhouette féminine.

– Un disciple du saint ! chuchota Allan, avec une ironie perfide.

Haruo ne releva pas l'allusion. Ils traversèrent un segment de la bambouseraie. Soudain Allan bondit très haut, saisit la hampe d'une canne à laquelle il s'accrocha et qu'il ploya jusqu'à terre. Il la serrait contre lui, bandée comme un arc. Il testait, palpait doucement le tuyau vert-jaune, cette peau de grenouille tendue. Il la lissait, arrachant les feuilles. Le bambou courbait son cylindre nu et souple. Puis il le relâcha d'un coup et fit frémir toute l'assemblée des tiges voisines.

Le macaque poussait des cris, puis se taisait d'épouvante, recroquevillé dans sa cage secouée au rythme des enjambées d'Haruo qui lui jetait des petits regards compatissants.

Des rochers apparurent, la pente fut plus forte, le volcan creva le couvert forestier, bombé, élançant sa pyramide brune. Ils zigzaguèrent à travers les rizières où les pousses repiquées se gonflaient d'une touffe bien verte. Ils dépassèrent la mosaïque souvent irrégulière, dans cette zone, révélant des sinuosités fantasques selon les accidents des versants, des murets et des diguettes qui tanguaient alentour.

Alors ce fut l'escalade pour de bon sur le manteau de laves, d'éboulis et de rocailles. Allan grimpait vite. Il avait noué sa chemise autour de ses reins. Les boucles de sa chevelure blonde étaient trempées sur sa nuque et son dos dévalait, convulsé de longs muscles dorés dont le spectacle ne pouvait échapper au regard d'Haruo. Lui-même avait découvert son torse. D'abord, Allan en avait dédaigné la vue. Puis, comme il avait pris de l'avance, profitant d'une halte sur un piton, il contempla son comparse qui le rejoignait. Haruo pliait sa poitrine imberbe et nue où les muscles ne saillaient pas brutalement mais se fondaient en une coulée homogène, harmonieuse, de roseaux. A contre-jour, Haruo ne voyait rien des prunelles du chasseur, sur le fond des blocs et des pistes sombres. Ils progressaient entre des bourrelets de grenaille, des crêtes grouillantes de boulets noirs. Allan s'empara soudain du singe comme pour libérer Haruo du fardeau. L'animal glapit. Allan lui parla avec une surprenante douceur, en faisant une pause, agenouillé sur une cuirasse lisse. Il caressait le pelage du singe à travers les barreaux. Haruo s'inclina à son tour. Le corps d'Allan exhalait une pestilence de bête sauvage qui le troubla. Peut-être qu'Allan s'en aperçut, car il lui lança :

– Vous, les Asiatiques, vous ne sentez rien... Sauf Satô, qui pue délicieusement le porc et le poisson !

Ils reprirent l'ascension du géant. Car Gû dilatait ses flancs énormes, distribués en abrupts multiples qu'on ne distinguait pas d'en bas, tout un éventail de voussures noires et désertiques, de tumulus, de pics parasitaires, de vallées lugubres cachées entre des cheminées au col ébréché. Cela se déployait en tous sens mais reprenait le rythme global de la montagne mère.

Haletants, ils durent s'arrêter longuement. Leur peau battait, inondée. Allan voyait miroiter la totalité du dos d'Haruo lisse et fin comme cire. Et un moment plus tard, pendant qu'Allan, de face, sondait l'horizon, l'œil du garçon se fixa sur lui et aperçut la grosse veine verte et gonflée qui se tordait le long de l'abdomen sorti du short jusqu'à la limite du pubis dont grouillait la frange bouclée, dorée, criblée de gouttes. Cette espèce de serpentement musculeux que la pointe du ventre allongeait en s'extirpant du short – un peu comme un mollusque émerge de sa coquille – l'hypnotisait... Ils avaient soif mais Allan n'avait rien voulu emporter en dehors du singe.

Ils parvinrent au sommet : une muraille crénelée de pierraille, d'ergots, d'écailles pointues de matière carbonisée, roussâtre, panachée d'oxydes, de silices, de quartz. Cela formait des agglomérats de galets dans lesquels on aurait pu pelleter. Des écorchures tranchantes découpaient un pan de basalte plus dur. Et dans les meurtrières de ces donjons crevassés, s'ouvrait la bouche de Gû dont on ne distinguait pas le fond. En face, sur l'autre rive du gouffre, ondoyait une fresque de minéraux hérissés dont la base était surlignée par un vaste ruban blanchâtre. Et le vertigineux versant intérieur était ainsi composé de différentes couches de sédiments à l'aspect délicat et feuilleté. Les bracelets pâles comme craie séparaient ces empilements de laves ou de cendres. Cela donnait à l'ensemble de l'amphithéâtre une ampleur régulière et majestueuse où le regard déployait son vol.

Le vent soufflait. Et l'univers s'élargissait, les envahissait d'un sentiment de puissance euphorique. Un volcan, c'est le trône des dieux, le carrefour de leur course, le siège de leurs décrets. Le vide tournait comme une hélice ou une toupie cosmique. Immobiles, ils avaient l'impression d'être happés dans un voyage céleste, des rafales d'infini bleu.

Allan et Haruo s'avancèrent au plus près de l'abîme. Des ravins y plongeaient, des avalanches de poudre grise, des caillasses lumineuses comme des perles. Tantôt un relief sulfureux et jaunâtre se dressait, coupant la chute des sables et des pulvérulences douces. Partout se produisaient des échappées de fumerolles qui bourgeonnaient autour des saillants de rouille ou flottaient, remontaient tout le long du cirque, s'évaporaient. Parfois, cela fusait entre les ponces, on devinait la pression d'un gaz comprimé sous les carapaces solides. Et ces fumées s'échelonnaient le long des versants intérieurs, se répandaient comme des chevelures de fantômes.

La vision avait en effet quelque chose de macabre et de spectral. Le volcan viril érigé au-dessus de l'île, ce père formidable de la création montrait sa face intime et cave, sa gigantesque carie. On eût dit un ventre de cendres. Le cœur désaffecté d'une urne funéraire, exorbitée. La matrice stérilisée d'une vieillarde qui était la terre. Marâtre et gueuse dépenaillée de suie dans le précipice de son âtre éteint.

On avait beau se pencher, prendre tous les risques, commencer de descendre dans la gueule de la mort, on n'en voyait pas le puits béant. Le magma solidifié bouchait des kilomètres de cheminée.

Mais le volcan secrètement suintait, respirait, vivait. C'est pourquoi, d'en bas, il gardait toute sa puissance de sidération, tout bombé de ses forces plutoniennes. Car le volcan se reliait, malgré l'obturation provisoire de son boyau, à la fournaise centrale, ce foyer abyssal qui brassait la soupe des laves. Là, dans les profondeurs de cette caverne apparemment morte, vivait le magma juteux. Son ébullition rouge et dorée, toute sa graisse de braises. La marmite flamboyait. Le sexe béant et chauve de sorcière incinérée cachait l'autre : la vierge éjaculation des fonds, l'effervescence jeune et rousse du sperme infini. Cet océan, ces bourrasques de laves battaient le fond du four. Il suffisait de faire le tour du volcan pour arriver au-dessus du cône adventif. Alors la gerbe de feu dégorgeait de l'aorte de Gû. Le sang du monstre pissait le long de la pente jusqu'au fond de la mer bouillante. Au-delà, l'îlot des murènes aplatissait sa lune noire sur le bleu cru.

Et leur regard tournoyait lentement sur toute la circonférence graphitée et tatouée du cratère dont les fumées étaient pareilles aux emblèmes d'un culte suprême.

Le ciel les ceignait de son cercle d'azur et l'immensité de la mer les auréolait de sa pelisse d'or fondue dans les confins. Une largesse infinie épanouissait l'espace qui les débordait de toutes parts. Le vrombissement de l'air était tel qu'il leur semblait entendre rire les esprits… D'hilarantes bourrasques empoignaient Haruo, le bousculaient, le remplissaient d'une inspiration frénétique.

La forêt d'Oru couvrait de sa toison une pente douce qui s'aplanissait jusqu'aux marais des chasseurs de cerfs. Le moutonnement sylvestre était piqué de grandes perches d'arbres dont les houppes blondes dépassaient tout. Les rizières superposaient leurs faucilles de verdure claire, leurs colliers valsaient sur la panse de Gû. Et toute cette verroterie tendre était la parure féminine d'un ogre gonflé de festons fantasques, constellé d'un caviar de pierres noires comme des excréments séchés. La lagune dessinait son anse exquise, séparée de la mer par la langue des plages et des villages. Alors Haruo distingua, à la pointe des sables, dans un formidable vertige d'eau et de squames lumineux, l'œuf de la maison de Tô.

Allan sortit brusquement le macaque glapissant de sa cage. L'agrippant à la gorge, il se mit à galoper entre les hauts créneaux charbonneux et, d'un coup, avec une énergie sauvage, il le précipita dans la goule béante. L'animal dégringola le long d'un versant abrupt. En bas il vivait encore et sautait comme un extravagant au-dessus d'une bouillie d'escarbilles. Il hurlait, il les apercevait, il s'arrêtait… Ratatiné, écrasé par la terreur, il les regardait de toute sa figure humaine. Mais ses poils commençaient de roussir. Les gaz le faisaient suffoquer, des fusements ardents lardaient sa chair. Ses pieds étaient dévorés par les scories. Il s'élançait et retombait plus bas, glissait, roulait dans la gueule blanche des cendres. Il disparut comme enseveli.

C'était donc cela le rituel d'Allan, l'immolation du singe doré ! Haruo sentait son cœur battre d'indignation. L'angoisse l'étranglait. Il avait naïvement pensé que le singe serait un compagnon mythique et propice. Allan l'avait sacrifié avec une volonté farouche. Sans raison. Sans justification rituelle. Il avait menti. Son caprice carnivore avait suffi à commander le meurtre. Haruo soudain courut vers lui à travers le chaos des blocs et lui lança :

– Tu es un fou, un malade, une bête !

– Je ne fais que singer vos rites de bouseux à buffles !

– On ne sacrifie plus les animaux depuis longtemps !

– Vous n'arrêtez pas d'égorger vos porcs qui gueulent pendant des heures, quand il ne s'agit pas d'un buffle dont vous faites gicler le sang lors de vos noces ! Sans oublier votre chasse annuelle aux grands calamars transpercés de vos harpons, entassés dans vos barques en amas sanguinolents. Ce singe, il est écrit, dans le livre des rites des volcans, qu'il faut le sacrifier !

De quel livre fabuleux Allan parlait-il ? Il en avait inventé l'article meurtrier pour assouvir sa curiosité, suivre des yeux la chute vertigineuse, saisir le moment où la vivante cheminée engloutirait l'animal dans sa gorge. Il avait joui des tortures du singe. Et cela était un mystère pour Haruo, une horreur. L'idée de tuer Allan s'empara à nouveau de lui et le calma aussitôt. Car il ne fallait céder à aucune impulsion aveugle mais méditer son acte. Il aurait pu, un moment, tromper l'attention d'Allan, dévier sa vigilance en le séduisant par son émotion qui justement faisait haleter sa poitrine, l'oppressait... Il aurait pu feindre un malaise lié au manque d'oxygène et au choc du sacrifice. L'autre aurait baissé sa garde et, de toute sa rage concentrée, Haruo lui aurait fait rejoindre le singe au fond des entrailles de Gû.

Mais le jeune homme voulait en savoir plus sur la mission véritable d'Allan, mesurer jusqu'où allait sa connaissance de la pieuvre, ce qu'il entendait faire de ses découvertes éventuelles. Le tuer, oui, mais après avoir accumulé les pièces du procès, après avoir sondé l'âme noire du voyageur dans la noirceur d'Oru.

Epuisés, ils regagnèrent la forêt. Allan n'hésita pas à s'arrêter au bord des sources chaudes. Il se dénuda et plongea dans une vasque sans se préoccuper de son compagnon. Haruo, lui-même, finit par basculer dans le flot bienfaisant. Ils allèrent boire au goulet d'une rivière pure filtrée par les rocs des grottes et les sables fins. Ils arrivaient au campement quand Allan se prit le pied dans une racine torse. Il s'affala et se fit mal à la cheville. Haruo dut le soutenir pour rejoindre un hamac suspendu aux branches basses du banian. Avant qu'il ne s'assoupisse, Haruo lui demanda la permission de jouer avec l'ordinateur.

Très vite Haruo retrouva les icônes, les signes et les pistes. Il connaissait les mots anglais qui signifiaient mer et poisson. Il cliqua sur des pages innombrables qui lui offrirent un tableau assez complet des espèces marines sans lui donner l'image désirée. Puis cela sembla se rapprocher. Il ouvrit des liens et, tout à coup, une pieuvre apparut, rubiconde, grêlée de cloques, déployant ses tentacules. Mais elle était de petite taille et il surfa plus loin. Les céphalopodes défilaient, il les perdit soudain et tenta d'en retrouver la famille. Il n'arrivait pas à tomber sur un spécimen géant qui eût approché la réalité d'Oryui. Alors, il changea de cap, dévida des tableaux plus techniques où des chiffres apparaissaient. Il ne comprenait pas le sens des commentaires et des articles qu'illustrait soudain une pieuvre surgie d'un encadré. Cette vision le frappait, le fascinait. Le portrait de la pieuvre dont il pouvait disposer. Des gros plans faisaient ressortir des détails qu'il ignorait. Des noms de savants étaient inscrits sous les textes. Même s'il ne connaissait pas bien encore le sens des mots, à force de fréquenter Allan et de jouer avec lui sur l'ordinateur, il identifiait à peu près les lettres et les sons correspondants. Il y eut une interminable colonne de noms, doublés de photos. Le très beau visage d'une femme blonde le surprit. Il l'agrandit. Il vit dans la liste juste à côté du document ce qui devait être son nom. Il épela les lettres, les déchiffra lentement. Quelque chose se forma, hésita comme Di... Dee... Dia... na flanqué d'une autre série de lettres : Cor.by. Mais l'éclair du prénom soudain le cingla, oui ! c'était celui qu'avait prononcé Allan, une fois, comme cela, de manière cynique : Diana ! Haruo se l'était alors répété dans sa tête. Cette femme que le naturaliste connaissait et qu'il évoquait comme une amante était donc une spécialiste des pieuvres. Cette découverte confirmait le rapport qui existait entre Allan et la bête tentaculaire. Les panthères de Naoya, les sculptures taillées dans le lit des rivières, le phallus criblé de danseuses, tout cela comptait sans doute moins pour lui que la grande trouvaille.

Haruo referma l'ordinateur. Allan dormait profondément. Le garçon en profita pour s'en aller.

Hô les embrassait de son regard pâle. C'était comme un regard d'aveugle, comme si leur image se réfléchissait directement dans son âme. Et l'œil retourné d'Hô semblait les voir dans ce sanctuaire profond. Tô portait un nouveau pagne jaune aux motifs d'orchidées presque noires et d'oiseaux aux grandes ailes bleu nuit. Elle avait le torse nu ainsi qu'Haruo. Mais ils étaient debout l'un en face de l'autre. Hô les guidait par la main vers une pose qui eût ressemblé à une figure de danse. Et le saint géant dansait réellement, faisant tournoyer lentement les falaises de ses flancs et la bosse de son ventre avec une légèreté de ballon. C'était si étonnant que Tô et Haruo se souriaient et entraient dans le ballet de Hô.

Hô s'écarta pour reprendre son pinceau. Il suivait les pas de ses modèles dont il avait favorisé l'avènement et le rythme qui maintenant fusait de ses doigts. Hô peignait à genoux sur une sorte de table large et basse d'osier. Il baignait dans l'aura de la grâce de Tô qui lui rappelait celle de sa sœur tuée dans le grand tremblement. L'élégance naturelle d'Haruo épousait les mouvements de Tô dont les pieds souples et nus se cambraient et glissaient tandis que ses mains dessinaient de délicates figures. Elle improvisait sur le canevas des danses sacrées de l'île. En particulier sur celle qu'on appelait : la danse des esprits de Gû. Mais affleuraient dans le réseau des entrelacs légers les rituels des secrètes rivières, des cavernes profondes et de la nuit d'Oru. Toujours il fallait séduire les génies élémentaires, les détourner de leur goût du forfait et dénouer leur emprise de ravisseurs et de violeurs avides.

La longue main fine et blanche de Tô frôlait celle d'Haruo. Et parfois il enlaçait la taille flexible de la jolie veuve. Mais la danse défaisait sans cesse l'impondérable lien qu'elle créait. Ce qui fascinait Haruo était ce mélange d'animalité et de préciosité que Tô révélait dans la danse : la manière contournée de ses moindres gestes et l'élan musclé, soudain la félinité de sa course – pointes gonflées des seins et de leurs bourgeons noirs –, qui lui rappelaient l'amante de la maison sur l'eau. La fleur de sa passion monstrueuse.

Hô les invita à s'agenouiller sur le sol, l'un devant l'autre. Et ils devaient seulement se regarder... Depuis le début, c'était l'injonction la plus difficile pour Haruo, car son désir était de voir. Mais c'était aussi le tabou même. Tô, la première, entra dans ce regard. Sa prunelle s'ouvrit sur le beau visage d'Haruo. Elle ne souriait pas, elle était grave, une imperceptible tristesse filtrait de ses yeux. Cet indice de mélancolie permit au regard d'Haruo de contempler vraiment l'ovale de Tô. Il lui sembla voir flamboyer sa peau et l'eau de ses prunelles noires. Lui aussi était empreint d'une tristesse mystérieuse mêlée à la perplexité. Il voulait puiser vraiment dans sa contemplation la connaissance de la jeune femme, graver dans sa mémoire le détail de ses traits, le principe de sa beauté, son rayonnement, sa force et sa suavité sauvage. Mais il tremblait et ne réussissait pas à atteindre ce minimum de sérénité qui lui eût permis de jouir du beau visage. Il avait cependant le sentiment qu'il n'en était pas tout à fait de même pour Tô. Elle semblait plus libre et plus calme. Sa pudeur qui, la plupart du temps, la dérobait à la vue, surtout depuis l'apparition du monstre, s'effaçait aujourd'hui. Car la jeune veuve s'accordait à la demande du très saint, dont la main ravinée, sensuelle, ocellée de taches rousses, continuait de la conduire. Tô avait un autre avantage sur Haruo, elle avait connu les étreintes du pêcheur. Elle n'ignorait rien du langage de l'amour humain, même si elle avait été précipitée ensuite dans un indéfinissable ailleurs. Une femme regardait l'adolescent Haruo. Et aussi discrète qu'elle fût, aussi enfouis que fussent ses désirs, elle percevait le trouble du garçon, ce pur éblouissement qui lui interdisait de regarder sa chair.

Hô demanda doucement à Tô de fermer les yeux, de toucher le visage d'Haruo, d'étendre la main sur sa joue. Elle le fit avec simplicité. Puis Hô lui dit d'explorer le visage et de le caresser avec la science et l'amour des aveugles.

Haruo, lui, la voyait agir. Ses grands cils noirs sur ses yeux clos rendaient ses traits plus harmonieux encore. Dans une expression de prière ou de songe prémonitoire. Elle lui livrait entièrement son visage nu. La soie de son front légèrement bombé, l'arête nacrée de son nez, l'arrondi sensuel de ses narines minuscules, puis le rouge charnu de ses lèvres dont il scrutait la pulpe dodue, toute nervurée de rides gourmandes. Et le rideau de ses longs cils noirs frémissait comme dans les jeux des enfants où il est interdit d'ouvrir les yeux. Il l'aurait embrassée ainsi… La caresse des longs doigts fins n'était pas seulement un acte d'exploration et de reconnaissance, il y détecta une présence sensible, personnelle. Une tendresse sous la précision, le tact d'aveugle.

L'émotion d'Haruo était si forte qu'il eut peur de fondre en larmes. Mais, justement, elle l'empêchait de sombrer en le soutenant par le déroulement même de son périple sur son visage. C'est lorsque les doigts de Tô touchèrent et reconnurent les ourlets des lèvres d'Haruo que l'envie de pleurer cessa. Haruo fut alors suspendu à cette surprise de chair.

Et ce fut à lui de fermer les yeux et de promener sa caresse sur l'invisible miroir. Il en éprouvait la merveilleuse douceur de pétale épanoui, les contours des méplats, les zones plus dures ou diaphanes. Un moment il effleura ses longs cils. Puis il osa le contact de la bouche dont le retroussement, le moindre gonflement sinueux faisait vibrer les nerfs de ses doigts, électrisait leur pulpe. Et cela fit bourdonner son cerveau d'un essaim de sensations si intenses qu'il eut peur de la folie ou de l'irruption du plaisir quand elle entrouvrit ses lèvres et qu'il en ressentit l'humidité plus lisse.

Maintenant qu'ils étaient éveillés, Hô leur indiquait des angles de pose, des croisements de membres, des attitudes fléchies ou droites, les incitant à ouvrir d'eux-mêmes la porte aux échanges et aux images. Comme dans son souffle païen et saint, comme dans la danse des doigts, comme dans la verve de la ligne gorgée d'encre et d'eau.

Obéissant, de loin, à la longue et vieille main du sage, Tô consentit à se coucher de côté, appuyée nonchalamment sur un coude. Haruo se tenait allongé face à elle dans une attitude parallèle. Hô leur demanda de relever un genou vers le ventre, ce qu'ils firent dans un mouvement lent et fluide. Le pagne de soie glissa de la cuisse de Tô, tout un amas d'orchidées et d'oiseaux. Dans l'angle profond qui s'ouvrit, Haruo vit les stries noires des franges pubiennes, telles de longues griffures sur le ventre d'ivoire qui déroba sa pointe la plus fine. Au même moment, la cuisse d'Haruo se découvrait, dévoilait au regard de Tô, tout au sommet de son galbe adolescent et nerveux, comme au bout de sa torsade musclée, la verge jaune et nue.

Et les ourlets de soie roulaient sur la page d'Hô, oiseaux et orchidées ailées. Dans la flamme jaune du pagne… Muscles festonnés, plis retroussés sur les longues cuisses… Tant Hô déjà unissait le lisse, le fuselé, le tourmenté, le doux et le dur, le sec et le gras, l'aigu et le noyé, la braise et le tendre vélin, les entrelaçait dans son geste volage et sacré. Mêmes courants de peau nue, mêmes moirures de chair jusqu'aux cavernes profondes où brûlait la verge d'Haruo dans la noirceur des épis de Tô. Mais le garçon ne pouvait voir encore, sans être foudroyé, l'ove de sa vulve.

Allan avait allumé ses pièges à lumière, une série de lampes disposées aux branches du banian géant. L'éclat en était bleu et froid et l'arbre avait l'allure d'une monstrueuse planète, torsadée d'ombres, de reflets et de halos d'un autre monde. Des essaims d'insectes affluaient vers ces feux. Allan, muni d'un filet tendu au bout d'un long manche, se glissait entre les membres bosselés du banian. Il suspendait son geste, guettait le manège de toutes sortes de bestioles, se faufilait au cœur des racines volantes, des cordages et des bracelets. De temps en temps, Haruo le voyait projeter son filet d'un coup vif, le rapporter pour lui montrer les minuscules proies qu'il saisissait du bout des doigts, triturait, distinguait avec soin, en les faisant entrer dans des flacons qu'il rebouchait, dès qu'il jugeait la prise intéressante. Les insectes n'étaient pas la spécialité d'Allan mais il avait fini par s'intéresser à toute la faune de Naoya, même si sa cible officielle restait la furtive panthère qu'il pourchassait seul et sur laquelle, à la tombée de la nuit, il avait encore tenu devant Haruo un discours intermittent et sinueux, comme pour s'amuser de lui.

Il prêta son filet au garçon qu'il invita à entrer dans les circonvolutions énormes de l'arbre illuminé de ses flammes glacées. Ils escaladèrent les tuyauteries du tronc, grimpèrent le long des arcs-boutants. Allan fixait des yeux l'envol musclé d'Haruo, le dandinement de ses hanches étroites. La chair des cuisses, dans l'éclat des lampes, prenait une couleur irréelle d'un blanc bleuté. Allan aurait voulu posséder Haruo ainsi métamorphosé en elfe de féerie. Soudain, le filet du garçon s'abattit et l'on vit sous les mailles palpiter un grand papillon pourpré. Allan, émerveillé par la capture, poussa une exclamation de surprise. Les deux chasseurs redescendirent lestement. Alors, Allan put à son aise contempler l'insecte splendide. Il l'avait dégagé des mailles avec une délicatesse extrême et le tenait pincé entre ses doigts. Les ailes se déployaient, battaient en tentant de fuir. Elles avaient une consistance de soie riche et noire dont la surface était ornée de gros ocelles roux, ardents. Mais ce qui éblouissait Allan était l'apparition de tigrures écarlates et veloutées sur les lobes arrondis et inférieurs des ailes aux indentations fines comme des épines. C'était comme un papillon double, jumelant des figures étrangères. Dans la noirceur profonde les ocelles et les tigrures éclataient tels les emblèmes d'un langage hybride et secret. Œil et foudre ! Allan, de la pointe de l'ongle, souleva la volumineuse et luxuriante voilure, sous laquelle surgirent des ailerettes de texture plus diaphane, d'un orange laiteux. On eût dit la parure vaporeuse d'une Salomé qui aurait enlevé la plupart de ses atours de danse. Les grandes ailes flamboyantes frémissaient, découvrant dans leur écarquillement ce déshabillé léger, homogène et fruité de geisha. Le papillon étirait vers l'arrière une longue gousse, sa tarière vrillée d'anneaux jaune d'or pareille à celle d'un frelon énorme. Allan en tâtait le dard gonflé et sirupeux qui se redressait comme pour piquer.

– C'est le grand paon de nuit de Naoya ! Je n'en avais aperçu qu'un seul dans la forêt des panthères. Pendant mon affût, il s'était posé sur une branche. Les rayons de la lune me révélèrent ses bigarrures contradictoires mais je n'ai pas réussi à l'attraper. Je l'ai baptisé alors le grand paon de nuit de Naoya. Et je le vois aujourd'hui vraiment pour la première fois, grâce à toi, Haruo. A ta chance Haruo. Tu as une main féconde !

Allan avait cette expression exaltée et profonde qui émouvait Haruo et lui faisait oublier la duplicité de l'espion. L'imposteur avait des éclats de sincérité qui ébranlaient tant il semblait alors plongé dans un authentique ravissement. Il projetait sur le papillon le faisceau d'une lampe qui lui permettait de l'inspecter sous toutes les coutures. Et la bête arrachée à la nuit de la jungle étalait sa tunique somptueuse, précédée de ses petits yeux en cloques, de son fin museau et de ses antennes vibrantes. Allan la renversait et l'on voyait son corps brun, nervuré, organique dans l'agitation des pattes et la pâmoison immense et lente des ailes de brocart comme pollinisées d'une poussière précieuse et sensuelle. Un miel qui imprégnait surtout les tendres guipures.

En touchant le trophée de l'insecte, de son autre main, Allan se mit à caresser avec une sorte de reconnaissance tendre le bras nu d'Haruo. Mais Haruo redoutait les fougues qui pouvaient succéder à une effusion si désintéressée. Il se détacha doucement du corps de l'explorateur. Alors ce fut rapide, Allan fit signe à Haruo de le suivre dans la tente. Il s'agissait de s'occuper du papillon plus scientifiquement encore. Le zoologiste sortit un grand panneau où étaient épinglés une foule d'insectes ailés. Avec adresse, il plaqua le grand paon de nuit au milieu du tableau de chasse et lui enfonça dans le crâne une aiguille qui le riva d'un coup à la paroi. Ses ailes furent prises d'une convulsion brusque qui fit éclater leur brasier noir, zébré de rouge et d'or. Allan fasciné, tout concentré, regardait frissonner et flamber l'animal dans la mort. Il n'y eut plus qu'une magnificence figée, un grand oripeau bigarré dans la collection d'Allan. Haruo maudissait la science qui conduisait au sacrifice. Il sentait que cela correspondait trop au sadisme d'Allan qui caressait le cadavre resplendissant sans pouvoir le quitter des yeux.

Ce soir-là, il avait osé proposer à Tô une promenade le long de la plage. La jeune veuve avait dit oui. C'était comme si l'aile du géant Hô veillait encore sur eux. La mer secouée de spasmes argentés paraissait vivante ; son corps se perdait dans l'ombre bruissante. Haruo et Tô restaient muets sans que leur silence soit lesté de la moindre lourdeur. Parfois Tô égarait son pied nu dans l'eau, ce qui lui faisait pousser un petit gloussement. Elle releva un peu son pagne, lui le sien, afin de marcher à la lisière de l'écume dont la blancheur fourmillait, crépitait dans l'obscurité. Elle plongea son regard dans les profondeurs nocturnes du flot dont elle sortit soudain. Haruo lui fit sentir la chaleur d'un galet qui avait gardé en son cœur comme un halo de l'ardeur du jour. Plus loin ils longèrent des rochers dont la crête révélait l'ovale d'oiseaux endormis, mouettes et goélands. Il aurait voulu s'asseoir et l'enlacer. Cependant, il n'avait pas de désir. Il n'éprouvait qu'un moment de grâce et d'oblation. A ce moment, il aurait vu sa toison sur les franges de son ventre qu'il serait resté interdit et stupide. Tant la respiration de la mer, les clapotis mobiles, les feux pâles de l'écume, l'atmosphère tendre et la brise qui faisait frémir la chevelure de Tô le comblaient. Il aurait voulu oser lui dire qu'il l'aimait mais il redoutait que Tô ne fasse suivre sa déclaration d'un silence de honte ou d'un rire incrédule, presque froid. La grande barque d'Osamu était arrimée sur le sable, elle exhalait un relent puissant de poisson, d'écailles mûres. On entendit le bruit de moteur du générateur électrique… On distingua la maison du pêcheur et de Satô derrière un léger dôme de dune. Haruo craignit soudain de surprendre les gémissements, les petits cris de l'épouse dans les bras du mari. Mais tout semblait tranquille dans la maison où le couple dormait avec ses deux enfants. Les lampes étaient éteintes, il faisait noir. C'était le noir des cheveux de Tô pensa Haruo. Il sentait leur proximité mouvante comme la mer. Il aurait presque pu déclarer son amour, céder à un élan aussi naïf que de s'agenouiller et de baiser les pieds encore mouillés de Tô, de lécher chaque grain de sable qui en criblait la blancheur. Parce que la nuit était vivante et que leurs corps y nageaient.

Tô prit le chemin du retour. Il la reconduisit jusqu'aux abords de sa maison lacustre. Une lanterne de papier était restée allumée à l'intérieur et cela donnait l'illusion d'une présence secrète. L'eau battait les pilotis de la chambre. La lune découpait son croissant dévoré. Et l'impression de présence devint plus intense dans le chuchotement des eaux, les effluves de poisson. La maison parut habitée d'un poids, d'un souffle, d'un feu intime couvant dans le noir des claies. Haruo sentit la crispation de Tô, le frisson qui parcourut son corps. Ce fut comme si elle avait été partagée entre le désir d'avancer vers la porte et celui de reculer. Alors, d'un élan brusque, elle se tourna vers Haruo, lui embrassa la bouche comme pour se faire pardonner avant de le fuir. D'un geste autoritaire et vif, elle lui fit signe de s'en aller. Elle s'engouffra dans la maison en refermant la porte derrière elle.

La chevelure parfumée lui avait soudain frappé le visage et sous la douceur du fouet il avait senti les lèvres sur sa bouche, la chair de Tô collée à la sienne. C'était comme si leur ourlet vivace s'était incrusté dans sa pulpe et l'avait mise à vif, toute grouillante, toute béante du baiser donné. Déjà il s'envolait avec cette impression de délicieuse morsure, de boursouflure gourmande, quand la mer fut soulevée d'une longue lame d'huile et de saumure sous une rafale de vent dont la source se perdait dans les gouffres de corail. La lagune lui sembla gonflée de sensualité. Alors il eut envie du pubis de Tô, du retroussis des poils sous la frange du pagne. Il se retourna pour regarder la maison cernée d'eau, saturée de douce lumière. Il voulut voir Tô se déshabiller.

Il s'approcha de la lucarne. Elle venait de quitter son pagne. Et son corps long et sinueux au gré de sa chevelure se dorait dans le halo de la lampe. Les bouts noirs des seins dardaient, renflés comme la chair d'une lèvre violette. Et la bouche, le ventre, les cuisses étaient de la même pâte onctueuse. Les poils eux-mêmes se bombaient en motte drue. Une folie habitait les yeux élargis de Tô qui fixaient la tête de la pieuvre dressée au centre de la chambre, voilant la couche de ses tentacules répandus. Cette tête aux prunelles biaises exprimait une vigilance impérieuse. Elle attendait sa proie. Elle voulait voir la douceur, la lumière de la chair humaine, se repaître de sa nudité tant elle semblait elle-même gainée d'une cagoule grumeleuse et rougeâtre. Mais cet aspect de muqueuse révulsée se transformait aux yeux d'Haruo en son contraire : un charme omnipotent, bestial dans une pestilence de fosse marine. Jamais il n'avait vu la pieuvre si hautaine, dirigeant l'intelligence de son regard sur la veuve désarmée. Cette curiosité était extraordinaire, car la pieuvre ne bougeait pas, elle contrôlait la robe immense des tentacules rigidifiés. L'animal voyait. Elle voyait la femme humaine, son visage exalté de honte, l'appétit de ses mamelons tendus, l'ogive de son sexe fendu dans les remous de la fourrure brillante. L'œil d'Haruo se noyait, s'aveuglait dans le tohu-bohu de ces vagues noires dont l'éclaboussure velue envahissait l'intime des cuisses. Et cela se bouclait dans l'orage, d'un pinceau possédé de fièvre et d'encre : cette tempête d'une bête nouvelle à laquelle, impavide, faisait face l'ouragan immobile et merveilleux de la pieuvre. On eût dit Oryui sortie d'un cratère de laves. C'était de ces écailles qu'elle était revêtue, coruscante, hérissée de palpes et d'escarbilles, armée de flammes violettes telles des orchidées monstrueuses. Sa chair charbonnait, charruée de rigoles, de cloques, d'enflures et de dentelles gluantes. Haruo s'engloutissait dans cette vision de l'horreur qui était celle de la beauté suprême. Il partageait l'attraction de Tô pour cette pelisse volcanique et son tissu d'organe à vif. Les yeux droits et lucides veillaient au sein de ce chaos de poulpe et de méduse où la jolie veuve sombra, doucement étranglée par les longs anneaux de python opalescent. Nouée, dénouée, ligotée et répandue au fil des déferlantes qui la bouleversaient.

La tête de la pieuvre émergeait du tourbillon charnel, tel un rocher, un axe clair, le pilier d'une réflexion inextinguible. Tandis que le vaste manteau des téguments mauves et roses se pliait et se déliait, déployait les enroulements les plus véloces et les plus fastueux. Un jus marin maculait la blancheur de Tô. C'est de cette perte de sa perfection que la trop belle veuve jouissait. Ses lignes se brisaient, ses courbes éclataient, son anus s'écarquillait, sa chevelure était happée dans un siphon, son visage était englouti dans une tornade lente de rayons. Et cela regorgeait de cadences, de nouvelles formes, d'une cascade inédite de volumes où la femme et la pieuvre ruisselaient l'une dans l'autre, dans un emmêlement de fleuves et de boues parfumées. Tô soudain jaillissait de cette sorte de vulve tentaculaire et elle reposait un moment sur le rivage géant de ses lèvres. Puis la pieuvre se retroussait tel un gant colossal, exhibant ses dessous extraordinairement blancs et soyeux. C'était son ventre d'étoile, de Vénus la plus suave, la plus douce. Son horrible cagoule de bourreau éviscéré faisait place à une étendue de peau transparente et laiteuse comme la corolle du nénuphar le plus pur. Et ce satin paradisiaque glissait sur le ventre de Tô, luisait entre ses cuisses, se coulait le long de son dos et de sa croupe, emplissait son sexe de lianes et de fleurs souples. Tô pleurait continûment de plaisir et parfois elle poussait un cri orgiaque et sombre sorti d'un amas de torsions. Cette joie féroce l'empalait et glaçait le sang d'Haruo, puis la berceuse de fond résorbait la frénésie. La pieuvre toujours regardait, commandait, épousait, travaillait, sculptait l'étreinte, en régentait les ébranlements, les accélérations, les paresses voluptueuses. Oryui, déesse et maquerelle magnifique. Ogresse savante, sûre de ses grandes manigances. Elle déversait sur Tô le génie de la connaissance des cavernes profondes, l'attirait dans l'effervescence de son imaginaire. Et les fesses et les fentes de Tô recevaient la manne de cette marée royale.

Haruo quitta la lucarne. Il n'éprouvait plus ce mélange de stupeur, d'angoisse indicible, de fascination, de dégoût gluant qui avait marqué ses premières révélations. Il n'était plus sous le coup d'un scandale et d'une ignominie. Il ne se sentait plus tout à fait exclu de la vision dont il avait été le témoin. Il n'était plus l'orphelin de la lagune. C'était comme s'il avait été partie prenante de la scène. Comme si Tô inconsciemment l'avait amené au seuil de la chambre profonde pour qu'il assiste au fantastique échange. Comme si Tô s'était déshabillée aussi devant lui et ouverte et donnée sous son regard. Il n'avait plus envie de geindre de mélancolie. L'effroi le cédait peu à peu à une joie secrète qui se diffusait à l'ensemble du monde plus habité et plus chaud. Tô lui avait en quelque sorte fait partager son intimité qui étrangement cessait de lui paraître si monstrueuse. Il ne comprenait pas pourquoi sa douleur s'était dissipée. Il n'y avait plus de frontière entre la pieuvre, la femme, la lagune, la mer et l'île de Naoya. Et il était agrégé, lui-même, dans sa pensée et sa chair, à cette profondeur de la vie. Cela lui conférait une lucidité si intense qu'il en aurait presque chanté de surprise et d'émerveillement. Mais peut-être avait-il encore un peu peur de la vérité et du bonheur inconnu qu'elle lui procurait.

En rentrant chez lui, dans l'appentis qui jouxtait la maison des voisins il entendit remuer la bufflonne qui leur donnait du lait. Il sentit l'odeur de la paille et du fumier frais. Il regarda entre les lattes l'ombre mouvante de la bête. Il ouvrit la porte de l'étable et entra. La bufflonne très douce tendait vers lui ses grands yeux liquides. Elle était noire, ronde, lisse et fessue. Sa mamelle plus rousse aux gros pis brunis ballottait doucement sous son ventre. Un relent fort s'exhalait de la toison. Haruo pensa à Satô, à Allan dont les images se mêlèrent à celle de la pieuvre. Il n'osait pas encore fixer sa pensée sur la nudité de Tô. Sinueuse, dévêtue dans la lumière dorée. Cela relevait trop d'une apparition pour éveiller en lui un désir concret. Ce chaos rutilant des poils l'aurait fait encore basculer dans un excès de réalité aveuglante. Pourtant, à un tournant de l'étreinte entre la pieuvre et Tô, il avait cru voir cette dernière offrir, dans un nid de tentacules luisants, la raie qui creusait le pubis. La bufflonne faisait bouger doucement la moire de ses flancs parfumés. Alors le pelage de Tô put gicler soudain dans l'imagination d'Haruo, il était du même noir doux et profond que la pelisse de la bête. Depuis un moment Haruo bandait avec ardeur. C'était le tentacule d'une pieuvre de bonheur dont il se saisit en pensant en même temps à toutes les merveilles de Tô et de la terre. Et ce fut enfin lui le volcan du monde. Le feu fusant dans la mer de corail.

Hô était prêt à voyager sur la mer pendant un jour et une nuit, c'était la règle de son pèlerinage annuel. De loin en loin, il est vrai qu'il lui arrivait d'accompagner les pêcheurs dans leur tournée, mais cela n'avait nul rapport avec sa grande pérégrination à laquelle il avait convié Tô et Haruo. La barque d'Hô était la plus ancienne du village. Osamu la réparait, la calfatait. Le jeune moine qui devait diriger les manœuvres dressa le mât et déploya la voile dans le vent léger. Il tenait la dérive. Et l'embarcation se lança sur l'eau turquoise. Franchir la barre fut plus aisé que d'habitude, car, à cette saison, les vagues manquaient de hauteur et les courants étaient favorables. La barque d'Hô monta d'un coup sur la hanche de la houle, fila à travers les crêtes de corail. Alors ce fut le large ouvert.

Haruo était rempli du bonheur à l'idée de partager avec la jolie veuve le privilège du voyage. Elle laissait sa main caresser le remous de l'eau. Ses cheveux noirs étaient tout déportés d'un côté de son visage, sur une épaule. L'autre était ronde et nue. La peau brillait dans le soleil. Le jeune moine qui commandait la manœuvre était très beau. Il avait un long corps plein de finesse et une chair harmonieuse et dorée. A un moment Tô le regarda comme saisie de surprise par sa grâce, il lui rendit sa curiosité avec un sourire discret et malicieux qu'il semblait avoir emprunté à son maître. Haruo ressentit une bouffée de jalousie soudaine. Mais la jeune veuve avait déjà détourné ses regards vers les lointains tout pailletés d'étincelles de mer. L'éblouissement faisait affleurer des larmes au fond de ses yeux, ce qui les rendait d'une noirceur plus tendre.

Hô se taisait, son torse géant arboré à la proue du vaisseau. Le saint se perdait dans la sensation magnifique de la plaine liquide. Sans plus d'égard pour l'île dont Haruo voyait diminuer le relief. L'îlot des murènes n'était plus qu'un anneau indécis dans un reflet bleuté. Seul, le volcan Gû gardait encore un aspect imposant et pointu. Ses arêtes épurées et violines se découpaient dans l'azur. Et sa saignée de feu se réduisait à un fil doré. Tô, elle aussi, admirait la montagne. Mais son regard exprimait encore plus le désir de s'éloigner, de s'affranchir de toute rive. Haruo sentait ce besoin d'espace vierge et de liberté. Il ne pensait pas à la chambre lacustre, au sexe d'Oryui. Il ne macérait nulle songerie qui l'eût hanté. La pieuvre appartenait au territoire de l'île, du volcan, des cavernes profondes, à leur voisinage de terre et de feu, à la mouillure de la lagune, à son remugle de vase et de bufflonne. Le corps de Tô sur la mer perdait cette densité animale et nocturne qui la fondait à la masse obscène de la pieuvre. Au contraire, l'excès de lumière l'effilait, la rendait plus éthérée.

Soudain Hô se tourna en riant. Il enleva sa robe rousse et apparut tout nu. Sa chair nullement fanée gardait un bel éclat de douceur et de fermeté. Mais son ventre énorme se bombait comme celui d'une femme enceinte. Il enjamba la barque et se laissa aller dans la mer en gloussant. Il nageait d'une brasse lente et voluptueuse qui faisait émerger sa grosse tête ronde de bouddha béat. Il se retourna sur le flot pour faire la planche et l'on vit son sexe court et dodu remuer sur une flaque de poils. Un courant le transportait à son gré et le jeune moine imprimait à la marche du bateau un mouvement circulaire qui épousait la dérive du géant rieur. Tô regardait de nouveau le jeune homme, car ce dernier avait une expression de félicité intime en contemplant son maître, et cet émerveillement augmentait sa grande beauté. Tô ramena les yeux vers Haruo et lui sourit en laissant toujours sa longue main errer à la surface de l'eau. Hô semblait maintenant rêver sur le disque lumineux de la mer.

Il revint un long moment plus tard, tout marbré de reflets, ruisselant dans la barque. Il enfila sa robe et rejoignit son poste, à la proue. Aux alentours de midi, quand le soleil frappa la barque d'une ardeur verticale, le jeune moine distribua de l'eau et des galettes de riz. Haruo aimait voir Tô se gorger de fraîcheur car le moine avait conservé l'eau à l'ombre dans une outre de cuir. Tô se délectait de l'écoulement délicieux qui débordait de sa bouche, en émoustillait les contours. Un moment Haruo vit la pointe de sa langue rattraper un chapelet de gouttes et il retrouva la sensation du baiser qui avait jailli de ses cheveux noirs, l'autre nuit... Il fut assiégé par un désir d'épis, de fesses rondes et fines et de bouts gonflés dans l'effluve de la bufflonne. Il baissa les yeux, elle s'en rendit compte et détourna les siens vers la mer avec une expression douce.

Ils croisèrent un banc immense de poissons qui traçait un sillon d'écailles et de laves argentées à la surface de la mer. Ce fleuve n'en finissait pas, comme un intarissable trésor de médailles répandues sous le soleil. Ce fut au tour du jeune moine de se dévêtir. Il parut nu, dressé dans sa splendeur dorée. Il avait le membre dru, un peu dénoué sur la cuisse, et Haruo de nouveau fut jaloux du coup d'œil de la jolie veuve qui avait vu le moine plonger en montrant ses deux fesses hautes à la racine d'un dos fin et triangulé. Le nageur s'ébattit bientôt dans le flux poissonneux, mêlant sa chair au grouillement miroitant qui parfois s'écartait de lui, s'incurvait pour former un bourrelet crêté encore plus dense et frétillant dont on aurait pu saisir l'interminable grappe.

Quand le jeune moine revint tout moiré de muscles tel un grand poisson, Hô le huma avec un plaisir profond. Tô elle-même parut surprise par ce torse ouvert dans la grande lumière.

Haruo savait que Tô aurait plongé elle aussi si les trois hommes n'avaient pas été présents pour la voir. Hô se garda d'intervenir et de les inviter elle et lui à prendre un bain. Il ne donnait des ordres que dans l'atelier où l'art primait tout. La barque resserrait déjà autour d'eux l'ovale de son creux. Ils avaient vu le jeune moine nu. Se dévêtir encore eût peut-être été un degré de trop dans l'escalade sensuelle de la mer scintillante. Tô n'aurait pas voulu exhiber la moisson de son pubis noir dans l'habitacle étroit de l'embarcation, sous la mitraille des rayons.

La voile au paroxysme de la chaleur leur offrit son

ombre bienfaisante. Tout autour l'horizon vide se creusait dans le bleu infini. Il n'y avait plus de volcan, d'île depuis longtemps. Mais un volume immense de miroitements.

Le crépuscule vint. L'orbe du soleil rouge sang persista un moment dans l'ombre mauve. La barque assistait à ce grand mystère du soir et de la disparition. Les premières étoiles apparurent. Le moine distribua encore de l'eau et des galettes de riz. La température était d'une exquise douceur. L'eau noire les cernait de ses clapotis que la nuit rendait plus sensibles et plus secrets. La vue se frayait encore un long chemin de reflets mouvants sur la mer. A l'arrière du bateau, le croissant de la lune basse était entouré d'un halo qui faisait couler sur l'eau un jet de pâle semence.

La nuit les recueillait. Le moine tira du fond du bateau des pagnes plus épais pour qu'ils se protègent de la fraîcheur qui perçait. Tô tout emmitouflée semblait s'endormir. Au bout d'un moment Haruo fut pris d'une grande envie d'uriner. Il soupçonnait les deux moines d'avoir profité du bain pour le faire. Le garçon se dressa, rejoignit le point le plus éloigné de Tô, puis se courba légèrement au-dessus des bordages. Mais la présence de la jeune veuve bloquait le réflexe fluide, empêchait tout relâchement. Il essaya de se décontracter. Il avait presque pris la décision de plonger dans la mer quand la bonde consentit enfin à céder. Soulagé, il reprit sa place. Tô l'avait vu faire, ce qui avait exaspéré sa propre envie. Heureusement les ronflements de Hô montèrent dans le silence. Haruo qui la devinait fléchit un peu la tête comme pris par le sommeil. Alors elle enjamba doucement le bordage et, à califourchon, elle écarta les pans de son pagne. Haruo perçut l'éclat de sa longue cuisse pleine. Il crut entendre le puissant crépitement du jet chaud contre la coque. Il imaginait le contact entre les poils et le bois mouillé. Elle pissa longuement dans la mer et la nuit. Et pendant la chevauchée Haruo voyait son visage penché et sa longue chevelure immobilisée. Une violente érection s'empara de son sexe. Il lui sembla que Tô s'attardait ainsi dans le bruissement et le balancement marin. Alors l'image de la pieuvre rejaillit dans sa tête. Peut-être que la bête les avait suivis, qu'elle les guettait dans l'huile noire des vagues, qu'elle voyait l'amante humaine, qu'elle avait lancé le serpent d'un de ses tentacules qui remontait contre le flanc de la barque, cherchait, se glissait telle une verge souple entre les cuisses de la veuve émerveillée dans les ténèbres brillantes. Heureuse de retrouver sa grande compagne originelle, sa constance, l'intelligence de ses prunelles immenses fixées sur elle du fond de l'abîme de la mer, de son rythme, de son musc, de sa musique régulière.

Mais la jolie veuve se glissa prestement dans la barque après avoir rabattu son pagne. Haruo chassa son hallucination. Oryui ne fréquentait pas le large, son royaume était celui des cavernes de laves polies par le courant.

Ils ne virent pas le soleil percer l'horizon car l'aube révéla un ciel chargé d'orage. Le jeune moine avait amorcé la manœuvre pour le retour. Hô sentait la fulminante nuée qui s'amassait autour d'eux. Le vent forcit, les vagues enflèrent. La voile claquait. Hô riait, debout, à la proue. C'était un brutal orage de saison qui montait sur la mer dans un tourbillon de ténèbres. Une jeune colère du ciel qui indiquait l'imminescence des moissons. Des spasmes d'éclairs jaillirent dans la bousculade des nuages, coupant de leurs zébrures les avalanches qui roulaient au-dessus du flot. Le tonnerre explosait. Personne n'avait peur. Tô regardait Hô qui recevait la soudaine cataracte de la pluie. Jubilant, il tendait les bras vers le ciel. Hô savait sortir de sa méditation pour jouir sensuellement d'un bain ou d'un orage luxuriant. L'infini marin l'avait captivé dans de longues heures de silence mais il ne se privait pas pour autant de l'occasion d'un jeu. Le déluge l'inondait, moulant ses formes rondes sous le pagne qu'il avait enfilé pour passer la nuit. La chevelure de Tô grouillante de gouttes collait au visage d'ivoire plus aigu, profilé avec plus de pureté encore. Le tissu trempé découvrait le galbe des mamelons. Car c'était un torrent qui menaçait de submerger la barque. Tandis que le moine cinglait vers l'île de Naoya, tous se mirent à écoper avec des seaux prévus à bord pour cet usage. Haruo ne pouvait pas s'empêcher de saisir au vol les pointes retroussées de Tô, la noirceur de leurs groins quand elle se redressait après avoir rejeté l'eau dans la mer. L'étoffe se tortillait entre ses cuisses, lissait sa fine texture au point qu'il vit saillir, en un éclair, l'ombre, la pieuvre du pinceau vrillé. L'air et le flot faisaient un même vacarme illuminé au milieu duquel Hô avait cessé d'écoper pour mieux en contempler la démesure. La jouissance faisait resplendir sa face éclaboussée. Il accueillait les véhémences, les rafales et les paquets de mer avec une liberté, une légèreté prodigieuses.

La pyramide du volcan déchira la turbulence. Son arête violette telle une lame de hache. Un gros accroc d'azur s’accrocha à cette pointe. Puis tout évolua très vite vers la lumière. Ils débarquèrent dans la plénitude de l’azur et toutes les odeurs ravivées de l’île.

Allan voulut lui découvrir le tracé des secrètes rivières d'Oru. Ils s'apprêtaient à partir quand Satô surgit. Voir ensemble les deux hommes qu'elle désirait la remplissait de gaieté, d'idées dont on devinait les pointes de flèches dans ses prunelles brillantes. Cela ressemblait à un complot car Allan invita aussitôt la jeune femme à les suivre. Ils se glissèrent le long des sentiers coulés sous les arbres, entre les fougères folles. Le zoologiste annonça qu'à cette heure la panthère de Naoya dormait, planquée dans la fourche d'un fromager. Satô s'exclama dans un gloussement de rire :

– Ta panthère n'existe plus depuis belle lurette !

Allan lui répondit sans se démonter que c'était elle, Satô, la seule panthère de Naoya, la plus véloce, la plus vorace !

Il l'enlaça en lui tripotant le derrière pendant qu'elle trottinait, alerte. Ils longeaient un haut talus rocailleux et moussu :

– C'est l'endroit idéal pour une embuscade d'Osamu ! lança Allan.

– Il est parti à la pêche au congre, il en a pour toute la journée !

Et Satô fourrageait tendrement dans les poils qui couvraient la poitrine de son amant. Cet abondant pelage semblait l'exciter et la dégoûter un peu. Mais cette discrète répulsion était un piment de plus !

– Haruo, lui, est lisse comme un poisson dans l'eau !

Satô ne déclara pas la chose en se moquant mais en faisant valoir que chacun des deux hommes avait son charme particulier.

Le tissu des ruisseaux était enchevêtré à l'extrême, une avancée des marais coupait la piste. Ils durent veiller à éviter les vasières et les nappes profondes où des tas de bestioles jacassaient, batraciens et crapauds, oiseaux qui s'envolaient avec des criailleries hystériques. Des tourbillons de moustiques passèrent à l'attaque. Allan sortit un tube de son short. ils s'enduisent de pommade répulsive contre les insectes. Une troupe de cerfs détala devant eux dans un grand fracas de gerbes de boue et un essaim de taons. Satô fixait des yeux, avec passion, la cohue de leurs bois dressés, de leurs croupes bordées de fourrure plus claire, tandis que leurs bourrelets musclés gigotaient dans la course. Elle aimait leur air effaré, sauvage, leur foisonnement de meute et de toisons. Leurs beuglements veules.

Allan hésitait car l'orage avait gorgé certains cours d'eau qui s'étaient fondus les uns dans les autres. Des ravines avaient brouillé les contours des passages.

– Le savant ne sait plus où il en est ! s'esclaffa Satô.

Mais Allan retrouvait son chemin grâce à de hautes perches d'arbres qui lui servaient de repères et l'empêchaient de se perdre tout à fait. Il fallut franchir des amoncellements de rochers. Satô les escaladait à quatre pattes mais avec une grande agilité. Ils dévalèrent de l'autre côté en glissant sur des parois d'argile gluante. Des sangsues commencèrent à harceler leurs chevilles et leurs mollets. Elles plantaient leur dard frémissant sous la peau. Allan les brûlait avec la flamme d'un briquet, ce qui faisait crier Satô qui craignait de rôtir. Elle voulut, elle-même, débarrasser Haruo d'une bestiole gloutonne. Elle souleva son pagne plus que l'opération ne le nécessitait, découvrant l'amorce de la belle cuisse dorée, enduite de sueur, qu'elle caressa prestement de la main en la savourant du regard. Alors, elle riva plus bas, la crête acérée du feu sur la virgule gorgée, trémoussante et noire. Haruo piqué sursauta et Satô lui dit qu'il était bien trop douillet pour un garçon ! Le bien beau garçon qu'il était ! Et soudain elle lui administra une claque sur les fesses. Haruo se raidit, il n'appréciait pas du tout ce geste incongru et familier qui faisait rigoler Allan.

L'affaire devenait de plus en plus compliquée dans le rébus des rivières sacrées. Les ramures très denses et lianeuses faisaient régner une sorte de nuit qui inspira tout à coup à Satô la crainte des esprits !

– Tu ne crois à rien, s'exclama Allan, tu laisses les dieux à ton couillon de mari !

– Si je crois ! Quand ça me reprend ! Et quand cela me pince le cœur comme tout de suite, eh bien j'ai un doute !

Ils débouchèrent enfin dans une zone plus clairsemée. Une rivière y coulait large et transparente au milieu d'un groupe de fromagers espacés déployant les lents ailerons de leurs troncs. Allan en longeait le cours, scrutant la surface avec soin. Puis il s'arrêta avec un air de satisfaction profonde. Satô s'exclamait qu'elle ne voyait rien. Haruo se taisait mais il ne distinguait rien, lui non plus. Allan entra dans l'eau face au courant et dans une flaque de lumière il leur révéla les formes secrètes. Elles se dessinaient peu à peu, émergeant de la pierre qui occupait le fond. Ils finirent par reconnaître le chevauchement de deux personnages. Satô croyait qu'il s'agissait de dieux mais Allan leur dit que la sculpture représentait un prince et sa concubine. La jeune femme vêtue d'un drapé ourlé était agenouillée, cuisses écartées, se pressant contre le ventre du prince qui était assis et lui caressait le sein. Satô qui avait tout compris parut très excitée. Elle s'étonna que, dans des temps si reculés, les amants n'ignorent rien des positions expertes de l'amour. Allan rit de son étonnement en la serrant contre lui.

La rivière dévoila d'autres œuvres mais rongées, noyées par les courants. Toutefois, Haruo décela une pierre phallique encore reconnaissable. Il pensa à la figure qu'il avait débusquée sur l'ordinateur d'Allan et qui lui avait fait soupçonner ses trafics. N'allait-il pas un jour descendre dans cette rivière pour y découper dans l'eau pure le prince et la concubine, et les emporter avec lui dans l'hélicoptère ?

Une sorte de petit varan grumeleux et brun vint boire, furtif, entre les herbes. Allan et Satô voulurent se baigner. Et ils se mirent tout nus devant Haruo qui sentit le piège se refermer sur lui. L'impression de fraîcheur était si vive que Satô se redressa frissonnante, arborant sa croupe compacte tandis qu'elle sautillait sur les galets. Elle pressait Haruo de les rejoindre mais il se contentait de mouiller ses pieds et ses mollets. Elle s'approcha de lui et tenta en riant de lui tripoter les cuisses sous le pagne. Il recula. Elle le gourmanda et lui dit qu'ils avaient bien tous les trois le droit de s'amuser comme le prince et sa concubine. Ce qui donna une idée à Allan qui sortit de l'eau. Assis sur la rive, il fit signe à Satô de le rejoindre. Elle s'agenouilla contre lui dans la position de la concubine, mais à l'envers. Ainsi, elle ne lâchait pas des yeux Haruo en remuant savamment les fesses sur le ventre d'Allan qui pelotait ses seins tendus dont le grain un peu gras luisait. Haruo voulait se lever, s'écarter, mais Satô avait une présence de chair extraordinaire. Elle dit à Haruo :

– On ne t'a jamais fait cela comme ça, j'en suis sûre…

Il était assailli par le souvenir de leur brève étreinte sur la plage quand Osamu les avait surpris. L'odeur de Satô, son plaisir animal à le saisir. La sensation de son ventre doux et musclé. Il se redressa tout de même, mais il voyait ses hanches et ses reins lentement tournoyer dans le chevauchement obscène tandis qu'apparaissait, entre ses cuisses desserrées, le panache puissant de son pubis noir. Elle plaqua en arrière son dos contre la poitrine d'Allan. Et elle dit à Haruo :

– Tu peux rester, tu sais, on ne fait rien encore de sérieux. On joue, c'est tout. Je le masse délicatement… Viens ! Je vais te montrer.

Elle changea de position pour faire face à son amant et montra du même coup sa croupe au jeune homme. La tête retournée vers lui, avec une mimique de tentation si intense, si profonde, comme si elle lui eût promis les plus vertigineux délices. Elle prit une de ses fesses dans sa main pour lui en faire mesurer la force et la souplesse. Un sourire figé sur ses lèvres béantes, à l'écoute de la sensation, elle palpait l'outre de chair, la déformait, la pinçait avec amour, en susurrant :

– C'est doux...

Ce qui engluait Haruo était surtout la densité de son regard aigu qui ne perdait aucune de ses réactions, suivait la montée de son excitation, sa lutte. Cette curiosité étincelante et mystérieusement victorieuse l'attachait à elle. La profondeur et la vie de ses reins vivaces, de son dos bandé, coupé par le flot de sa crinière de jais, son rutilement au bord de l'eau. Un rire léger émanait maintenant de sa bouche. D'une voix secrète elle souffla :

– Viens... viens... entre mes fesses !

Haruo vit alors le visage d'Allan qui dépassait de la chevelure. Lui aussi invitait Haruo mais avec une grimace de vanité, de possession bestiales qui était chez lui l'expression de la jouissance. D'un élan, Haruo se ressaisit et s'engloutit dans la noirceur d'Oru.

Il courut et se perdit. Puis une heure ou deux s'écoulèrent où il resta au pied d'un arbre, en proie à la vision de Satô qu'il redoutait car elle restait si tenace, si envahissante qu'elle effaçait pour le moment son amour de Tô. Il n'entendait que le rire aérien et obscène de Satô agenouillée, exhibant son derrière brut et soyeux où serpentait, où mûrissait la réglisse noire de la raie. Il ne voyait que cette chair offerte, dotée de tous les dons, de toutes les connaissances du vice, radieuse et rusée... L'ombre de son corps ondoyait dans l'eau, mêlée à l'étreinte du prince et de sa concubine. Et ce reflet sculpté donnait à cette scène de désir un horizon profond, immémorial, à la fois émouvant et sacré.

Plus tard il entendit l'appel d'Allan, son pas dans les

taillis déchirés. Satô le suivait mais elle marquait, cette fois, les plus grands signes de fatigue.

A l'arrivée au camp, la jeune femme les quitta sans tarder. Osamu devait être revenu de la pêche. Haruo resta auprès d'Allan qui soudain lui parut mélancolique. C'étaient sa bizarrerie, ses sautes d'humeur auxquelles Haruo n'était pas insensible. Ils se reposèrent et mangèrent du riz et de la viande grillée. Quand la nuit vint, Allan décida de rejoindre le filet qu'il avait tendu dans la canopée. Il sortit tout un arsenal de filins, de crochets, de harnais dont il les ceignit lui et Haruo. Ils marchèrent un peu, s'éloignant de la masse tentaculaire du banian. De grands arbres fusaient, épanouissant leur dais au-dessus des autres. Allan lança ses cordes qu'il réussit à arrimer et ils entreprirent d'escalader un tronc immense. Avec adresse Allan se hissait par degrés tout en montrant à Haruo les principes de la manœuvre. Ils débouchèrent tout là-haut dans le dédale arachnéen.

Le soleil sombrait à toute allure dans la gueule d'Oru et les premières nuées de roussettes éclaboussaient le crépuscule. Haruo fut saisi par le mystère de la forêt sauvage auquel la part la plus authentique d'Allan s'unissait. Cette évidence frappait toujours le garçon. Dès qu'Allan s'occupait de sa tâche scientifique, qu'il déployait ses procédés techniques, entrait dans ses explorations, ses aguets, ses pièges, il se parait d'un véritable prestige aux yeux de son compagnon. Quel que fût l'arbitraire des fables qu'il lui arrivait spontanément de forger, Allan sentait la nuit avec une concentration lucide et noire, un flamboiement profond, il en épousait les rumeurs et les mouvements subreptices. Il semblait tout reconnaître et c'est ce savoir qui impressionnait Haruo. Ce lien, ce goût de la solitude aussi, cette capacité de s'abstraire des circonstances humaines pour pénétrer le monde obscur. Il n'y avait que ce solitaire que plus personne n'avait revu depuis tant d'années qui aurait pu rivaliser de connaissances avec Allan et surtout lui en remontrer, à lui et aux moines, sur le parfait exil. Haruo soudain pensa à ce mystère, à la vie de cet homme qui avait choisi l'état sauvage, qui refusait tout contact avec ses congénères, même Hô, le très saint. Homme sans croyance, sans dieu, menacé par l'animalité ou épargné, ayant gardé la conscience intacte du pêcheur et du chasseur, actif, veillant à sa survie, au jour le jour, au bout des choses. Haruo avait interrogé Allan sur cette solitude absolue, voulue. Il disait qu'il n'avait jamais rencontré le type en question. Il se demandait même s'il ne s'agissait pas d'une affabulation des villageois ou d'un maquillage plus suspect. Déguiser en retraite volontaire la disparition d'un asocial dangereux devait arranger bien des gens.

Le filet tramait un plancher ondoyant entre les cimes et les hautes ramures. Parfois, il fallait ramper d'un point à un autre au-dessus du vide. Allan avait installé une cahute aérienne sur un entrelacs de branches et y avait disposé son matériel de lampes torches, de pièges et de flacons. La forêt était traversée de cris, de glapissements brefs, d'ululements, d'abois saccadés, de grelottements dans des intervalles de quasi-silence. Le ciel étoilé et clair faisait ressortir des masses de fleurs blanches dont l'éclosion à cette altitude semblait surnaturelle, d'autres bouquets explosaient çà et là dans la nuit. Le volcan crevait de son aile formidable le moutonnement sombre et mouvant des frondaisons. C'était le grand paon de nuit de Naoya. Son élytre de feu perçait le revers de sa tarière gonflée. Au loin, on voyait la mer de Mâ dont les lueurs nocturnes frissonnaient. L'ensemble composait une nouvelle planète, plus étrange, noire et bleutée, opaque, opalescente, immobile et remuée de vent chargé du parfum des fleurs et du musc marin.

Allan, armé d'une lampe puissante, inspectait l'avalanche calme des feuillages. Il s'intéressait particulièrement aux araignées dont il décrivait les mœurs devant Haruo non sans une certaine complaisance.

– L'araignée femelle est la seule espèce de la nature qui soit plus grosse que le mâle ! Et plus belle ! Je vais t'en montrer des dorées, redoutables… Le problème du mâle est de ne pas être dévoré par la femelle au moment de la copulation. La femelle le laisse venir, lui saute dessus et l'engloutit, si tu vois le genre de fille !

Le faisceau lumineux parcourait les touffes et les bouquets de lianes. Des orchidées giclaient, des guirlandes de gueules tigrées criblées d'insectes. Des papillons de nuit voltigeaient entre les corolles. Des araignées se tenaient embusquées à l'orée de leur toile ou au centre, tantôt elles pendillaient à un fil dans les airs et vous frôlaient le visage.

– Attention, celle-là, la petite noiraude bien poilue, est mortelle ! s'exclama Allan qui bluffait.

Il lui en montra des fines aux pattes sveltes et des trapues, bougonnes, aux yeux protubérants, prêtes à casser du garçon frais ! Elles accouraient, promptes à la bagarre, saturées de venin.

– Fais gaffe aussi aux serpents !

Haruo se récria, incrédule.

Allan renchérit :

– Si ! Il y a un petit python gracile qui arrive à se hisser jusque-là pour bouffer des oisillons dans leur nid ! Mais, attends, voilà une araignée géniale, viens voir ! Un mâle est en train d'esquisser une danse de séduction devant la dévoreuse…

Le mâle, en fait, se contentait d'aller et venir rapidement au bord de la toile de la femelle désirée. Il évitait aussi d'être bouffé. Allan lui montra son astuce rare, en effet le séducteur avait secrètement doublé la toile de l'araignée d'un autre piège de son cru. Mais cela ne marchait pas à tous les coups. L'araignée était prête à l'attaque, car le mâle entrait dans son territoire. Soudain elle fusa droit sur lui, il se carapata vers son piège, l'amante cannibale s'y fourra et se trouva complètement garrottée dans la nasse des mailles. Alors le mâle, après avoir guetté sa proie un instant, se jeta sur elle et put copuler sans redouter d'être mangé.

– Tu vois, Haruo, les femelles c'est périlleux. Il faut beaucoup de patience et de ruse au mâle pour arriver à ses fins. La nature, à l'inverse de ce que pense l'opinion générale, ce n'est pas si facile pour les mâles, les jeunes célibataires surtout ! N'est-ce pas ?

Haruo distinguait la face sombre d'Allan tournée vers lui. Il n'aimait pas l'allusion qu'il venait de faire… comme s'il avait deviné son secret.

– C'est pourquoi Satô est une amante idéale. Pas de ruse ni de meurtre à la clé. Que de la facilité amoureuse, une gourmandise magnifique. Le mâle, elle le dévore en l'épargnant… Tu aurais dû en profiter avec nous, cet après-midi. Tu manques de naturel. Tu te morfonds dans je ne sais quelle honte ou quelle crainte. Tu es secret, Haruo, tu dissimules un secret…

Haruo se sentait pris au piège, happé dans le traquenard du séducteur, de sa danse verbale, suivie d'un long silence où l'autre le guettait.

– Satô, elle aussi, se pose des questions sur toi, mais ce n'est qu'en fonction de son désir à elle, de l'obstacle qui t'empêche d'y céder. Moi je m'intéresse davantage au ressort singulier de ta psychologie, tu vois ! Tu es le plus beau garçon de l'île et tu n'as pas d'amante connue… Or tu peux ! Excuse-moi mais je suis bien placé pour savoir que tu disposes de l'élan nécessaire… Tu cherches quoi, d'idéal ?… Je te dis que c'est Satô, la perle, le trésor charnu.

Haruo était verrouillé de peur et de pudeur. Allan avait parlé avec beaucoup de douceur mais il ne pouvait ignorer qu'Haruo ne romprait pas ainsi son mutisme. Il n'avait donc développé ses considérations que pour l'inquiéter.

– Tu cherches l'araignée la plus belle, la princesse dorée, la concubine des secrètes rivières, tu es romanesque. Mais sache, c'est mathématique, que c'est forcément l'amante qui te fera le plus de mal, si tu as le dessous et si c'est justement peut-être cela qui t'attire… Tu te tais, je sais que tu te tairas toujours… C'est un peu ton arme… Moi aussi tu connais ma capacité de silence immense.

Mais je vais te révéler une chose : la canopée dispose aux aveux ! J'ai vu des types au cours des longues nuits d'affût me confesser le plus intime, parce que c'était la forêt ténébreuse, la veille, le mystère des bruits, la pâleur de la lune... mais toi, la canopée, elle te cloue le bec !

Haruo aurait tout de même voulu dire quelque chose. Mais il ne pouvait vraiment pas. Tô devait rester dans un monde complètement opposé à celui d'Allan. La muraille verticale d'un volcan massif devait la soustraire à l'attention d'Allan. Haruo savait que, lors des séances de pose avec Tô, Hô avait commandé à son disciple préféré de faire le guet, d'empêcher toute intrusion d'Allan, de le détourner de l'atelier à tout prix.

– Tu vois, Haruo, cette île est trop belle. Tu l'entends respirer dans les ténèbres. Elle est pleine de créatures inconnues, toutes lancées dans le concours d'amour et de mort. Nous ne voyons qu'une proportion infime des espèces en question, la canopée en fourmille comme la mer ! Imagine ses profondeurs !

Haruo sentait l'étau se resserrer sur lui. Allan et son bateau pneumatique n'avaient-ils pas commencé de scruter les gouffres ? Le garçon n'osait esquisser des questions sur ce point. Il aurait immédiatement polarisé la curiosité d'Allan, alerté ses antennes. Mais si le zoologiste s'ouvrait de la moindre révélation concernant les cavernes profondes, alors Haruo était décidé à le piéger, à l'enrouler à son tour dans son filet de mailles dévorantes. Il le paralyserait. Il le réduirait au silence éternel. C'était la force d'Haruo de voir exactement le seuil que l'ennemi ne devait pas dépasser. C'est pourquoi il se barricadait dans un silence dont l'autre ne pouvait pas posséder tout à fait la clé. L'erreur d'Allan, c'est qu'il croyait Haruo seulement sentimental.

Un roulement profond fit brusquement trembler la terre et les troncs.

– Tiens ! Voilà l'autre qui rumine aussi ! lança Allan en riant.

Mais de nouveaux grondements parcoururent la forêt et une vigoureuse rafale agita le filet suspendu. Ils titubèrent comme à bord d'un navire saisi de roulis.

– Peut-être qu'un jour, Gû avalera tout comme à Pompéi, tu ne connais pas Pompéi, tu chercheras sur mon ordinateur que tu adores...

– Les types viennent tout de même assez régulièrement...

Enfin, il avait pu ouvrir la bouche, malgré l'allusion un peu marquée à l'ordinateur adoré. En effet, à chaque arrivée d'Allan, en hélicoptère, un ou deux vulcanologues venaient inspecter le volcan, ils installaient de nouveaux appareils de mesure qui projetaient des graphes sur les écrans de l'île mère, la patrie lointaine, oubliée.

– Tu sais, Haruo, cette île ne présente aucun intérêt stratégique pour personne. Toutes les autres îles qui parsèment l'océan sont volcaniques ! Alors ils ne peuvent pas tout surveiller. Un volcan peut toujours nous surprendre. Tu imagines les conjectures des hommes qui nous retrouveront plus ou moins enlacés aux branches, et enroulés dans les mailles d'un filet gigantesque. A Pompéi, c'est à partir du moindre chiffon, du moindre bout de bois carbonisé que les chercheurs ont pu reconstituer toute une civilisation. Mais je ne suis pas sûr que notre agrégat de maisons lacustres et de rizières enfouies sous les cendres présente un grand intérêt… Ce serait bien de mourir ce soir et ensemble. Est-ce que tu as parfois envie de mourir, Haruo ?

– Oui.

– Moi aussi, même si cela t'épate. Et dans une éruption volcanique, c'est bien, c'est juste. Au fond, Haruo, tu ne connais pas la mort, tu n'as pas perdu encore de personne chère… Quoique tu parles fort peu de tes parents, tu dois les aimer, à moins d'une jeune fille du voisinage ou d'un secret plus pointu, un jeune moine beau comme le préféré du grand Hô !

– Et toi, qu'as-tu perdu, Allan ?

Il se tut et ils sentirent de nouveau le tressaillement de la terre. La crête de feu au flanc de Gû n'avait pas grossi. Ce n'était qu'un spasme des fonds.

– J'ai perdu une amante là-bas, d'où je viens… Elle s'est tuée, suicidée. Tu vois, elle aussi a voulu mourir et elle l'a fait.

– Elle s'appelait comment ?

– Diana…

– Qu'est-ce qu'elle faisait dans la vie ?

– C'était une géographe…

Haruo saisit immédiatement le mensonge. Il avait vu sur l'ordinateur la profession de Diana Corby, une spécialiste des céphalopodes… Allan veillait donc à garder le silence sur cette espèce.

– Est-ce que tu sais pourquoi elle est morte ?

– Dans ces cas-là les amants disent qu'ils ne savent pas pourquoi, que leur chérie était folle ou qu'elle traversait une dépression secrète ou que c'était génétique, une tendance suicidaire héréditaire. Mais moi je sais pourquoi elle est morte. Elle est morte à cause de moi.

Haruo se tut. La lampe d'Allan calée le long d'une branche était restée allumée. Elle plaquait un grand cercle lunaire sur des lacis de lianes. Et les insectes pullulaient dans ce phare, de toutes tailles, des myriades d'ailes, une limaille grouillante et noire. Allan avait étendu la main vers ce vibrionnement. Il y administra une sorte de gifle assez vive sans produire une grosse effervescence. Quelques papillons s'écartèrent mais la masse des pustules, des antennes et des carapaces continuait de s'agglutiner dans la lumière.

– Elle est morte parce que je la désirais mais que je ne l'aimais pas… C'est sa fragilité qui excitait mon désir. La faiblesse de sa grande beauté. C'était moi l'araignée dominante et dorée, la dévoratrice. Je l'ai retrouvée pendue dans sa chambre. Un long fruit mort.

Le jour était venu de la grande pêche aux calamars, aux crabes, aux anguilles et aux pieuvres. Une puissante marée qui montait des fonds. Un fleuve poissonneux se propulsait alors, se pressait au sein d'une vallée de sable que surplombait un long serpentement de corail. Il y avait peu de profondeur et tous les hommes plongeaient de leur barque. Les crabes fuyaient devant les pieuvres et les calamars que les pêcheurs pourchassaient. C'était une sorte de transhumance brusque qui aspirait, aiguillonnait tous les maillons de la chaîne alimentaire. Les femmes de Kô participaient toutes à l'équipée. A l'intérieur des bateaux elles recevaient les prises que les hommes leur jetaient simplement dans les bras. Ils reprenaient de grandes goulées d'air et replongeaient aussitôt.

Le gibier était de taille moyenne, il n'y avait pas de bêtes maousses. Elles restaient confinées dans leurs tanières des abysses. Il s'agissait de bataillons de calamars gros comme des courges et d'une espèce de pieuvres brunâtres dont l'envergure maximale dépassait à peine le mètre. Mais les prédateurs jaillis de partout dévalaient le long du canyon blond où des milliers de crabes se carapataient. C'étaient de beaux crabes ronds et charnus que les hommes de Kô attrapaient aussi car ils étaient friands de leur chair. Les pieuvres véloces les surpassaient dans cette chasse. Elles projetaient par spasmes vivaces la gerbe de leurs tentacules en arrière tandis que leur corps informe et ballonné se gonflait en proue. Elles fonçaient sur le crabe dont les pinces braquées se dressaient. La pieuvre rabattait soudain l'éventail de ses tentacules sur le crustacé acculé. D'un coup de bec dur, elle perçait sa carapace et l'engloutissait. Cette scène se répétait tout au long du chenal fouetté par les courants et les turbulences sismiques. Les crinières des pieuvres s'allongeaient, se lissaient dans leur propulsion puis elles s'échevelaient soudain, se recroquevillaient, se contractaient convulsivement sur les crabes dévorés. Les hommes croisaient sous l'eau leur armée d'amazones souples et rythmiques. Quand elles avaient avalé leur proie et que nul pêcheur ne les avait prises, elles semblaient s'envoler, vues du dessous, révulsées dans l'azur de la mer, exhibant l'étoile de leur pulpe la plus blanche comme l'amande d'un mollusque.

Au moment où les moins chanceuses, ralenties, attaquaient les crabes, les pêcheurs crevaient d'un coup de harpon acéré la tignasse des tentacules. L'épieu faisait gicler des panaches de sang autour de la bosse du crâne. La pieuvre percée se débattait, valsait, dans un nuage d'encre et des tourbillons de sable. Le pêcheur la saisissait à bras-le-corps et remontait à la surface. Il brandissait son trophée gluant dont les tentacules encore vifs s'entortillaient sur les bosselures de ses muscles, ruisselaient jusque sur ses épaules. Les femmes se penchaient au-dessus des bordages, attrapaient la pieuvre ensanglantée et lui administraient sans tarder un grand coup de matraque sur la tête. Mais le corps visqueux pouvait esquiver plus ou moins le coup, rejoignant l'amas immonde et débordant des autres céphalopodes pourfendus, flasques ou remuants, dont certains, à demi ressuscités, se glissaient au milieu des cadavres pour s'enfuir…

Tô, dans la barque d'Osamu et de Satô, devait cacher la nausée qui la saisissait. La tuerie, le magma turgescent et poisseux des dizaines de pieuvres constituait une sorte de cadavre multiple et tentaculaire qui reproduisait l'image de la géante Oryui, mais assassinée, tabassée, éclaboussée de sang. Tô vit un céphalopode blessé s'extraire de ce chaos de chair vitreuse. La tête dirigée par les grands yeux lucides se pressait en avant, les tentacules filaient au-dessus des dépouilles tuméfiées. La bête réussissait à se rapprocher du bord, elle hissait son ballot haillonneux par-dessus. Mais Satô l'aperçut, lui tomba dessus, l'attrapa à pleines mains en riant d'effroi et de jouissance. La pieuvre l'agrippait, se déployait jusqu'aux pointes de ses seins. Satô décolla avec frénésie les terribles ventouses, protubérantes et blanches, qui s'agglutinaient sur sa peau. Elle arriva à précipiter la bête au fond de la barque où elle la tua en lui assenant une volée de coups de matraque qui écrabouillèrent le tas de viande visqueuse, agité de spasmes et de bulles de liquide noir. Mais, entre-temps, d'autres pieuvres profitaient de cette diversion, elles sortaient de leur état comateux, se faufilaient prestement. Tô admirait leur célérité extraordinaire. Elles opéraient dans le dos de Satô, la tête et le regard rivés au bordage qu'elles atteignaient, gravissaient en une escalade coulante, basculant dans la mer où parfois des pêcheurs les rattrapaient.

La barque était entièrement tapissée, cabossée de téguments violâtres, de filaments cloqués, de poches et de bourses éclatées. Si elle voyait encore une pieuvre se sauver, Satô disputait Tô. Mais cette dernière vacilla au bord de l'évanouissement, ses yeux se voilèrent. Elle sentit tout à coup qu'elle allait crier, hurler. Alors elle se pencha au-dessus du bordage et se mit à vomir en hoquetant, en pleurant.

Haruo dans le courant participait à l'assaut. Il se concentrait sur les calamars et surtout sur les crabes et quelques anguilles égarées au milieu des hordes. Les pieuvres étaient beaucoup plus nombreuses que les hommes et la plupart parvenaient à s'échapper. Haruo les regardait filer. Sagaces et sauvages, étirant, ramassant par à-coups leur fuselage dans leur course. Beaucoup évitaient le champ du massacre, renonçant aux crabes, à la vue des tueurs. Haruo les regardait voltiger dans les vagues annelées de rayons de soleil. La lumière tentaculaire traçait des espèces de filets miroitants où les pieuvres trouvaient le chemin du salut.

Quand il sortait la tête de l'eau pour déposer dans la barque de ses parents crabes et petits calamars, Haruo apercevait le bateau voisin d'Osamu et de Satô. La silhouette affligée de Tô presque basculée par-dessus bord le bouleversa. N'y tenant plus, il nagea vers la proue du vaisseau où se tenait la jeune veuve. Il émergea. Elle vit qu'il était touché par sa souffrance et son dégoût. Il ne savait quoi lui dire. Elle regardait son visage lissé par l'eau, ses grands yeux écarquillés dans leur désarroi. Satô se battait contre les pieuvres, elle jurait, elle s'esclaffait dans la folie des tentacules déchaînés. Alors, Haruo fit signe à Tô de le rejoindre dans la mer, elle allait monter sur le bateau de ses parents où tout était plus calme. La mère d'Haruo se dressait à la proue, grande et puissante. Tô se laissa glisser le long de la coque maculée du jus des pieuvres. Elle nagea à côté d'Haruo. Sa chevelure noire flamboyait dans l'eau étoilée. Ils grimpèrent dans l'embarcation où Tô alla s'accroupir à la poupe, ruisselante, épuisée. La mère d'Haruo la scrutait en silence.

Ils avaient sorti la bufflonne de l'étable pour la traire dans la lumière. En effet, les voisins de Tô étaient partis dès l'aube pour rencontrer au temple le moine guérisseur qui devait examiner leur enfant atteint d'une maladie de ventre. Tô, en leur absence, s'occupait de la bête. Son propre buffle était un mâle qui n'exigeait pas ce travail. La bufflonne se montrait d'une humeur enjouée et tournait sans arrêt la tête pour regarder la jeune veuve, tendait le mufle vers son visage, le flairait, ce qui faisait rire Haruo qui assistait à la scène. Soudain la queue de l'animal fouettait l'air pour chasser les taons et c'était un remue-ménage qui perturbait la tâche de Tô. La bufflonne excitée bougeait tout le temps. Haruo n'avait pas oublié le plaisir qui l'avait soulagé la nuit où il avait trouvé refuge dans le remugle confiné de l'étable. Cette sensation de souffle et de moires douces dont la bufflonne l'avait enveloppé. Tô, assise sur un petit tabouret d'osier, inclinait la tête vers le flanc de la bête. Et la pelisse de cette dernière, d'une noirceur bleutée, semblait se prolonger dans la chevelure de la jeune femme. Ses longs doigts saisissaient les pis roux et gonflés, aux bouts grumeleux, gercés, qu'elle trayait d'un mouvement vif. Il fallait presser deux trayons tour à tour et en cadence, tirer le lait par tractions brusques. La belle mamelle veloutée ballottait, rosée, tachetée de mares de nuances plus sombres, sillonnée de grosses veines vertes. Et la main de Tô faisait gicler dans un seau les jets de lait gras, immaculé. Haruo était envoûté par la scène qui englobait la bête et la jeune femme dans cette promiscuité organique. Tô penchée découvrait dans l'échancrure de sa blouse l'amorce de son propre mamelon blanc et secoué dont Haruo rêvait de revoir le bourgeon presque noir. Les tétons de la vache avaient une consistance tumescente et charnelle. Quelque chose de sexué se dégageait de leur bouquet de lobes tendus, dodus. Les flancs très ronds de la bufflonne palpitaient, son ventre était d'un brun huilé et plus clair, d'une texture soyeuse. Ses cuisses gaufrées de boue et d'excréments séchés exhalaient une odeur de fumier chaud. La pléthore de la mamelle fleurie de tétines roses, les spasmes de lait blanc, leur éclat contrastaient avec cet entrecuisse pollué. Haruo bandait dans ce mélange de chair délicate, de suint, de toison douce et dilatée, parcourue d'artères de velours, de souillures fauves et parfumées où les doigts de Tô se glissaient, agissant avec une fermeté fébrile, dans l'épanchement de sa chevelure. Le bruit des jets contre le seau l'excitait ainsi que la belle vache dont le corps miroitant se pliait en arceau pour regarder Tô, comme pour respirer son odeur, la découvrir, approcher le mufle de sa bouche... Tô lança un coup d'œil oblique sur Haruo dont le visage s'empourprait de désir, ce qui faisait rosir celui de la jolie veuve dans les effluves chauds de la bête... Haruo vit la vague de sang envahir la pâleur de la face de Tô. C'était comme si sa tête avait été soudain légèrement étranglée. Cette profusion de vie et de trouble semblait monter du plus intime d'elle-même. Des perles de sueur perçaient sur ses tempes pures. Elle repoussa le fleuve de ses cheveux noirs sur une seule épaule. Et les mains continuaient leur tripotage glouton, vivace, la pulpe des doigts lacés à la chair tuméfiée des pis, les jets s'entrecroisaient, drus, crachaient leur jus fécond. Haruo aurait voulu que ce spectacle dure toujours et venir fourrer lui aussi son visage rouge de désir sous le ventre de la vache contre celui de Tô pour traire les bouts avides.

Quand Tô eut vidé la mamelle, ils burent chacun dans un gobelet le lait fumant. Les lèvres de Tô s'enduisirent d'un duvet gras qui débordait de leurs ourlets. Sa bouche en parut plus enfantine et plus sensuelle. Ils s'essuyèrent presque en même temps en riant. Tout à coup la bufflonne fit un écart de côté, le corps bandé, la tête baissée, les cornes pointées. Voulait-elle encore jouer ? Toute braque, elle rua, sauta, dansa, jetant son pelage frissonnant dans tous les sens... Et la voilà qui fléchit les reins, pisse un flot d'urine dorée que la jeune femme et Haruo regardent avec une sorte de stupéfaction, tant la vache leur semble soudain impudique. Puis elle se redresse, tout à fait délivrée, allègre, se cabre et soudain fuse, zigzague, capricante, en direction du rivage, en sens inverse de la lagune. Tô et Haruo la pourchassent en riant, mais dès qu'ils s'approchent d'elle et s'apprêtent à l'empoigner, elle fait un bond et reprend son galop capricieux, entre dans l'eau, s'éclabousse d'écume, repart, rayonnante, étincelante. Tô commence à s'énerver, l'appelle, essaie le timbre le plus rassurant, le plus suave, ce qui enchante Haruo, puis le ton de la sommation sévère, ce qui lui fouette le sang. Rien n'y fait, la vache fout le camp toujours. Des villageois viennent à la rescousse, ce qui l'effarouche, incruste sa volonté de fugue. Elle court de plus en plus vite, elle échappe à toutes les prises, les enfants qui s'en mêlent ne font qu'aggraver la détermination de la bufflonne. Elle disparaît bientôt dans les roselières du rivage.

– Elle va aller se perdre dans les marais ! s'exclame Tô.

On organise plus calmement une battue réglée. Divers groupes vont explorer différents secteurs. Dans les rizières, à présent saturées d'épis épais, on demande aux paysans s'ils l'ont vue. Ils secouent la tête. La bufflonne – ronde et noire, la belle vache intrépide et fessue, au pelage bleuté, brodé de merde et d'or, à la mamelle constellée – a pris définitivement le large.

Quand les voisins de Tô reviennent avec leur enfant patraque, c'est pour apprendre la nouvelle. Aussitôt ils reprennent les recherches. Haruo demande à Allan s'il ne l'aurait pas vue passer. Il n'a rien vu. Qui va la traire ? vipères, faons... Allan ricane en disant :

– Le solitaire désormais se nourrira de son lait.

Ils traversent le bois de bambous. Haruo est heureux de partager avec elle le plaisir et la cadence des cannelures lisses. Dans le songe flottant du vert. Les hampes sont droites comme le dos souple de Tô. Il y a plus d'une analogie entre sa marche, son corps et la forêt de bambous presque nus. Une harmonie distincte et parfaite de longues cuisses et de hanches, de torse et de lances.

Elle cueille au bord des sources de grands iris dont les corolles blanches et molles se retroussent sur leurs étamines pourpres. En arrivant au temple, ils s'arrêtent devant la fontaine des ablutions. Haruo puise l'eau dans une louche de bois et en inonde les mains et les doigts de Tô et vice versa. Puis chacun leur tour ils boivent de cette eau sacrée. Ils rejoignent la grotte de la déesse Kannon. Haruo dit à Tô qu'elle est plus belle que la déesse ! La jolie veuve se récrie et réprouve ce compliment sacrilège. Elle répond :

– Sa beauté n'est pas terrestre. Elle a la beauté et la perfection céleste !

Il réplique :

– Tu possèdes les deux harmonies du corps et du ciel.

Elle proteste de nouveau tandis que Kannon les regarde à travers ses yeux plissés à l'extrême. Ses bajoues et sa coiffe lui donnent un aspect de vache et de reine un peu fate. Ils piquent des baguettes d'encens dans le baquet de sable et font un vœu.

Haruo se demande quel est le vœu de Tô. Lui, il fait celui de la rejoindre absolument. Elle, peut-être fait-elle celui de se disjoindre d'Oryui ou de se fondre à la pieuvre dans l'infini de la mer de Mâ. Il regrette qu'il ne soit probablement pas question de lui-même dans le vœu de Tô !

Le moine préféré de Hô, le très beau, apparaît, saisit le bouquet d'iris et le dispose dans un vase devant Kannon. Tô déplace une fleur en adressant un sourire malicieux au moine, elle modifie l'accord du bouquet.

Hô les salua avec son rire, il les entraîna dans une partie de l'atelier qu'ils ne connaissaient pas. La salle faisait un coude à son extrémité et s'ouvrait sur une jolie chambre de roseaux quasi circulaire. Le toit en forme de dôme était aéré. Tout était délicat et calme. Une conduite traversait les claies. Un tronçon de bambou amenait ainsi l'eau des grottes dans un minuscule bassin. La chambre était inondée de limpidité.

Hô leur fit boire l'eau chantante et pure. Elle n'avait pas tout à fait le goût de celle de la fontaine. C'était une saveur vive et parfumée de tiges et de fleurs d'iris. Ils se déshabillèrent jusqu'aux derniers ourlets de soie. En agissant, chacun dérobait son sexe au regard de l'autre. Suivant le conseil du très saint, Tô s'assit et s'adossa contre la paroi de roseau. Elle gardait une cuisse relevée du côté d'Haruo tandis que son autre jambe moins fléchie s'étalait tranquillement devant elle en arceau. Hô la contemplait. Il la sentait douce, détendue, à présent familière de leur rituel si bien que lorsqu'il avait proposé la nudité totale, ni elle ni Haruo n'en semblèrent étonnés. Tant la fluidité présidait de plus en plus à leurs séances.

Haruo, lui, était agenouillé un peu en avant de la paroi, juste de l'autre côté du ruissellement du roseau. Il tenait son torse droit et ses cuisses bien lisses serrées l'une contre l'autre, épanouies. Une grosse veine verte remontait le long de sa verge d'un jaune presque transparent. Le gland violet dépassait des plis du prépuce. Tô ne regardait pas la verge d'Haruo mais le visage de Hô qui la dessinait. Au bout d'un moment, le très saint fit venir le garçon pour lui montrer le progrès de son œuvre. Alors Tô rabattit légèrement sa cuisse pour se cacher. Hô traçait des oves et des oves, des lèvres et des lèvres, de grandes ellipses pâles ou sombres qu'il incluait les unes dans les autres comme des bracelets. C'était une fête de fuseaux et cela jaillissait de ses doigts comme ses dessins de cascades ou de mer. Ou plutôt sa main reprenait le geste dans sa course qui n'avait ni origine ni fin. Le même geste libre, le même vol du geste qui épouse les torrents d'Oru et les vagues de la mer de Mâ. C'était le même voyage dansé, léger, rieur dans la voyance de Hô. Sans cesse le trait resserrait ses fils en un bel écheveau noir et fuselé puis l'élargissait, le débordait, l'échevelait en cernes plus gris, peu à peu noyés dans une quasi-blancheur. Et l'onde de la main libre conduisait de nouveau le pinceau vers les volutes du centre, leur charbonneux foyer de braises et de crins. Leur éclat de scories et de cratère vivant. Le trait se remplissait, s'incarnait, pétrissait le volume et la substance. Hô avait l'air gourmand en suivant le creuset de cet imbroglio de boucles et de plis qui prenaient contour et tournure exacte, sensuelle dans la concentration de l'encre.

Il y eut un moment où le regard de Tô glissa des prunelles du saint vers le visage d'Haruo. Il fut saisi par ce regard mais n'éprouva ni honte ni gêne. Au contraire, le plaisir d'être pleinement regardé par Tô. Et il la regardait lui aussi, librement, comme dans un geste vivant de Hô. La vague de Tô s'unissait à la vague d'Haruo. Leurs souffles se touchaient. L'eau chantait. La peau du géant rieur paraissait d'une sensibilité extrême. Elle écoutait leur peau, leurs regards. Alors la prunelle noire de Tô descendit le long du torse d'ivoire, de son triangle de nerfs, de chair et de muscles. Et elle regarda la verge nue d'Haruo offerte dans l'épanouissement des longues cuisses jointes, elle vit le tremblement vert du serpent de la veine qui se retroussait, se perdait dans la profusion des plis découvrant le gland, son amande mauve à demi décalottée.

Haruo sentait se diffuser en lui le rayonnement noir et beau du regard. Dans cette admiration il était bien. Sous le pinceau des cils, il devenait ce qu'il avait été depuis toujours, le bel adolescent Haruo et même plus : l'homme que regardait Tô.

Alors Tô ferme doucement les yeux en ouvrant l'angle de sa cuisse. Haruo voit, au cœur de la huppe noire des poils, la concentrique conque. Il s'abreuve de voir vraiment enfin ce qu'il voit…

Dans la douce lumière, il voit les grandes lèvres aux ourlets bombés, gonflés, striés de soies subtiles et sombres. Et dans ces deux croissants charnus du fruit, les petites lèvres embusquées telles des sangsues gorgées du sang de l'amour. A l'intime luit un ruisseau de corail. La rosace écarquillée du sexe semble affluer vers lui. C'est la plante la plus sauvage d'Oru et la crête d'un pinceau triangulé et touffu. C'est la caverne rousse de la déesse, le fin jardin des chairs mouillées de l'amante.

Haruo contemple le sexe de Tô, son jais, son jus, le double fourreau de sa vulve rose et noire.

Alors Tô a entrouvert les yeux pour regarder Haruo qui la regarde. Et il voit entre ses paupières mi-closes le doré de la pieuvre et de la mer de Mâ.

Tô était venue là cueillir de nouveaux iris dont les fleurs étaient d'une telle blancheur qu'elle semblait secrètement marbrée de bleu. Elle ramassa aussi dans les rivières des petits crabes, des escargots dont elle était friande et qu'elle voulait partager avec les voisins que lésait la disparition de leur jolie bufflonne.

Soudain elle vit s'épanouir de larges corolles d'or, parsemant les rochers entre lesquels l'eau des sources chaudes affluait. De grands pans de lin qui rayonnaient comme des soleils. Des moines s'étaient dépouillés de leur robe pour prendre un bain. Ils jouaient plus qu'ils ne nageaient dans les mares et les bassins. Tô fut troublée par leur totale nudité qu'accentuait l'absence de chevelure. Elle reconnut le préféré d'Hô. Le plus beau, dont le fin modelé du crâne au sommet d'une longue nuque soulignait la pureté des traits. Il était grand, souple, agile, il enjambait les pierres. Fesses hautes, fuselées de muscles, et son sexe ainsi que celui de ses compagnons bougeait dans sa course. Tô n'avait jamais vu tel bouquet de verges. Les moines riaient, s'éclaboussaient, se poursuivaient, cabriolaient, s'attrapaient par la main pour plonger. Certains s'enlaçaient en s'esclaffant. D'autres restaient allongés dans l'herbe ou sur les margelles plates de la rive, contemplatifs. Tô en aperçut qui bandaient et cela faisait éclater dans sa pensée l'image d'Haruo exhibé dans l'atelier. Il avait l'âge de ces jeunes moines. Sa beauté peut-être moins parfaitement harmonieuse que celle du préféré d'Hô y gagnait en vigueur et en intensité. Haruo était un peu plus anguleux que le favori, son corps plus taillé par les travaux de la rizière. Elle avait envie de raconter à Satô, son amie, la bacchanale des moines qui la fascinerait. Satô la submergerait de questions si pointues, si hardies que Tô renoncerait à répondre à tout. Mais elle ferait un certain effort de précision pour compenser tout ce qu'elle cachait de sa vie secrète à son amie. Les moines lançaient des pierres, cueillaient des iris, s'étiraient, respiraient librement loin de l'encens et des méditations immobiles, des litanies des prières. Ils engageaient des joutes. Le plus fort courbait le plus faible sous son torse jusqu'à ce que la victime tombe à genoux sous le fardeau farouche de l'adversaire dont le volume de chair et de muscles contractés l'habillait complètement. Et cela donnait dans le décor des robes d'or des guirlandes de contorsions équivoques qui plairaient à Satô. Certains pissaient dans les sources carrément aux yeux de tous, et dans la flaque rousse rendue encore plus chaude un moine pervers vint s'ébattre, ce qui fit se récrier un chœur de condisciples plus pudiques. Deux moines s'étaient mis un peu à l'écart du groupe pour se tripoter, et celui qui paraissait le plus élancé s'amusait à planter entre les fesses de l'autre une tige d'iris dont les corolles flottaient sur les joues de la croupe. Ainsi fleuri, le décoré marchait devant son spectateur avec un jeu gracieux de hanches. Tô n'ignorait pas tout à fait les libertés des moines. Mais ces facéties la surprenaient et la remplissaient maintenant d'une gêne qui le disputait à la curiosité. Elle n'aurait pas aimé voir le grand Hô mêlé à cette sarabande... Elle ne se risquait pas à imaginer le très saint dans ses rapports familiers avec le préféré. Un blanc tombait sur sa pensée dès que l'idée pointait.

Elle recula dans les roseaux où elle s'était tenue embusquée. Mais l'image des chairs lisses, comme coulées dans le miel, dans le fracas des galops et des gerbes d'eau incrustait en elle un chaos sensuel qui la possédait.

Elle longea une rizière où elle aperçut de nouveau un moine nu dont le comportement bizarre l'obligea à se mettre à couvert. Mue par une impulsion irrésistible, elle s'avança doucement entre les épis gonflés. Elle écartait discrètement les tiges, dans la mer de rousseurs où planait encore la vision des rosaces des robes sacrées. Le rideau d'épis s'ouvrait sur une sorte de clairière qui avait été fauchée. Un moine court et mince étreignait une paysanne de Kô plus grande que lui. Ils s'écroulèrent sur l'étoffe de la robe flamboyante. Et se cramponnèrent en remuant énormément, pris d'une frénésie de chair et de postures anarchiques. Tô les regardait faire... Lentement elle retroussa son pagne en attirant vers elle plusieurs tiges de riz mûr. Entre ses cuisses nues, elle ploya le flot des grumelles crispées. Bouche bée, elle scrutait toujours l'effervescence du moine et de la paysanne en pliant, en écrasant, en malaxant doucement contre son ventre les pailles grenues. Maintenant elle les broyait, les mouillait dans ses poils, haletante, accroupie dans la mer de panaches qui l'auréolait.

Ce qu'elle ignorait, c'est qu'Haruo revenant du campement d'Allan l'avait aperçue sortir de la forêt de bambous. Elle ne l'avait pas vu et une sorte d'effroi, de soupçon jaillirent dans le cœur du garçon comme si Tô se dirigeait vers la tanière d'Allan… Il l'avait donc suivie et avait partagé avec elle la vision de la fresque enchantée des moines. Rien ne lui avait ensuite échappé des amants retranchés dans la clairière. Quand il avait assisté à la disparition soudaine de Tô dans la masse végétale, son cœur avait battu plus fort. Il avait imaginé on ne sait quel comparse du moine, tapi, ayant rendez-vous avec la consentante. Il n'avait plus osé avancer pour voir. La nuit, il pouvait s'approcher de la chambre lacustre car le mystère de la lumière et de la lagune rendait le monde irréel et le dépouillait de la honte. Dans la métamorphose lunaire, il était alors aimanté par une hallucination plus forte que lui. Mais le décor rustique de la rizière diurne empêchait le sortilège. Surtout il avait peur de voir Tô avec un autre homme d'os et de chair. Et si en lieu de moine c'était justement Allan enfoui dans la chevelure du riz !… La pieuvre n'appartenait pas au monde de l'amour humain et d'une certaine façon – même si cela le plongeait dans une grande angoisse et une profonde détresse – Haruo préférait cette union incompréhensible à une étreinte profane.

Il attendit. Au bout d'un moment, les cheveux noirs de Tô réapparurent et flottèrent en se glissant entre les méandres du riz. Il ne vit aucun amant se dresser pour accompagner la vagabonde. Puis elle gravit un talus plus éloigné, elle repartait en direction du village. Il fut rassuré. Alors, Haruo entra plus avant dans la rizière. Il chercha l'endroit où Tô avait fait cette longue pause qui l'avait dérobée au regard. Il découvrit une sente qu'il suivit entre les pailles. Et il déboucha sur le lieu du piétinement de Tô, une niche, un sanctuaire de plantes froissées, de gerbes dépouillées. Il s'agenouilla sur ces décombres délicats, tel un chasseur, inspectant, flairant la piste du gibier. Sa main releva une tige dont dégringolait un plumet de feuilles écrasées et de grains trempés. Il se demanda si Tô n'avait pas simplement uriné là. Mais la touffe avait été comme roulée, pressée, pétrie… Haruo inclina sa bouche vers le flagelle ébouriffé. Ce fut l'odeur de Tô qui afflua. L'odeur de la mer de Mâ et de la nuit de la pieuvre. Mais resserrée, concrète, enduite le long de l'arceau du riz. Le parfum du sexe de Tô dont il avait contemplé les moindres contours, les dentelles et les ombres, les frises, les crêtes de triton, l'orifice rose et fauve. L'odeur de sa vulve empreinte sur la gerbe délicieusement consacrée. D'un coup Haruo, après les avoir longuement humées, porta ces prémices à sa bouche, y plongea ses lèvres gloutonnes, les mâcha avec avidité, retournant inlassablement la langue sur la boule des grains mûris. Ce fut si suave qu'il déchargea dans la mer d'épis.

L'île n'était plus qu'une crinière d'épis ondulant de la mer à la gorge de Gû. Cette plénitude remplissait, ravissait le regard. Jamais les paysans ne se sentaient si féconds et si riches que lors du grand foisonnement. Le riz déployait son immense plumage irisé. Les boues, les talus, le quadrillage maniaque des fossés, des rigoles, toutes ces marques d'un labeur forcené, ces plaies disparaissaient dans l'ampleur d'une toison dorée. Les hommes faisaient plus souvent l'amour à leur femme, les très jeunes s'essayaient à leur tour. Les buffles et les porcs se poursuivaient avec passion. Allan et Osamu alternaient à grand rythme autour de Satô. Aussi, Haruo redoutait une apparition de la pieuvre dans la beauté du soir, une recrudescence de tentacules et de rayons, même si la vision concrète qu'il avait eue du sexe de Tô avait transformé ses peurs superstitieuses et ramené la jeune veuve de sa sphère inaccessible et taboue vers plus de proximité terrestre. Mais il craignait encore le précipice de la mer, cette puissance montée de l'abîme et du temps qui le faisait vaciller.

Les paysans entrèrent dans leurs champs. De tous

côtés on les vit grimper vers les gradins des rizières et se répandre sur le pourtour de l'île. Tô attaqua sa tâche comme Haruo, comme ses parents. La mère du garçon, armée de sa serpe précise, sapait la base des tiges qu'elle bottelait d'un tour leste. De temps en temps elle admirait l'échine de son fils courbé dans la chevelure dense du riz. Elle préférait le voir à l'œuvre plutôt que de surprendre ses longs moments de mélancolie, ses errances solitaires autour de la lagune. Elle n'aimait pas cette faille chez un garçon si beau, bâti pour les victoires de la vie. Et c'était comme si elle eût voulu l'encourager, l'entraîner en plongeant gaillardement dans la forêt des gerbes dont les vagues s'écroulaient sur son passage. Si bien que le regard d'Haruo balançait entre la vision de sa mère formidable et celle de Tô baignée dans la splendeur ensoleillée.

Sa mère s'éloigna au bout de son champ. Haruo entra alors dans la rizière de Tô. Il voulait manier la serpe avec elle, remonter le flot des tiges et des gerbes, abattre les grands flagelles chargés de leur fruit. Leurs deux visages opéraient presque l'un contre l'autre, parfois ils avançaient tant la tête que la paille leur retombait dessus. Et ils se déshabillaient de ses fibres en se regardant rire. Ils étaient couverts de sueur, s'épongeaient avec le bout de leur pagne et découvraient leurs jambes. Puis ils se fourraient de nouveau sous le pelage d'épis, courbés, rampant, cisaillant les hampes. Parfois un grondement traversait l'espace et la plaine tressaillait, tremblait. Les caprices de Gû ne les étonnaient pas. Il remuait les pulsions qu'eux-mêmes ressentaient au fond de leurs tripes. Tout bougeait, bourgeonnait, s'épanouissait, des surfaces étincelantes de la lagune et de la mer jusqu'aux cimes d'Oru dont la noirceur s'éclaircissait, oui blondissait de fleurs. C'était un océan aux reflets de riz, une jungle aux moirures de rizière. Le riz régnait. Kannon devenait la déesse du riz avec son air de commère cosmique. Seul, le solitaire ne participait pas à la moisson. Plus personne ne pensait à lui. Même Allan serait invité au festin qui allait clore la récolte, les moines aussi viendraient communier à la table du riz. Personne ne pouvait s'y soustraire sous peine de s'exclure de l'humanité vivante et de la terre nourricière. Pendant ces jours, il n'y avait plus aucune solitude. Les îliens étaient tous tressés, noués dans les liens du riz. Et il semblait que le géant Gû écarquillait les narines de ses deux cratères pour aspirer l'odeur des graines vermeilles. C'était un ruisseau de braises de riz qui pissait le long de son cou.

Le soir on ramenait sur des palanches d'énormes brassées que les buffles emportaient sur des charrettes. Et les cortèges revenaient de tous les horizons noyés de Naoya pour gagner le centre des villages. On déversait partout les gerbes, on les étalait dans les venelles, le long des murs, sur les toits. Le paddy était une parure innombrable qui recouvrait le monde, l'emmitouflait de son or. Une poussière flottait dans le ciel, de lents remous de nuées qui sentaient la paille sacrée. Les enfants sautaient, dansaient sur le riz. Les paysans le battaient sur des billots de bois. C'était une avalanche de fléaux et de coups assenés aux bottes parfumées. Il fallait détacher l'écorce des amandes et les bras s'élançaient pour dégainer le fruit de sa gangue. Les bras nus d'Haruo, de son père, de sa mère infatigable, d'Osamu, de Satô qui se lassait un peu en essayant de deviner la stature du bel adolescent dans le lointain de la rue, au cœur de la nébuleuse fauve. Mais Haruo regardait Tô dressée, cambrée, flagellant les tentacules de la pieuvre irisée, étreignant la masse frémissante d'épis dont les écailles éclataient. Le cou, la gorge, les jambes de la jeune veuve ruisselaient de riz et de sueur. On eût dit qu'elle s'acharnait, évacuait un trop-plein d'énergie et peut-être de bonheur tant elle joutait avec les flammes du riz, riait en mitraillant cet incendie dont la fumée emplissait l'atmosphère d'une odeur de volcan et de lait.

Et l'on pilonna le riz. Partout encore, devant chaque maison, cabane, la même fresque des bras du riz martela la graine. On entrait dans le vêtement, dans la chair, dans le sexe et dans l'esprit du riz. La nuit, quand ils prendraient leurs femmes blanches, les hommes épouseraient le corps même du riz. On pilonnait pour mieux dépouiller les écorces, puis on pilonnait pour que le riz soit immaculé, que chaque grain soit lisse et d'une pureté transparente.

Tous les jours cela recommençait, on coupait les touffes au pied de Gû, au bord d'Oru, à la lèvre des sources chaudes et jusqu'à l'immense chaume de la mer de Mâ. Des batailles dans la brise dorée. Des palanches qui débordaient, des dos qui se courbaient sous les trophées, des sourires et des sueurs radieuses. Et l'on fouettait, et le dos chaud du riz passait à la roue, était cinglé de zébrures qui le saignaient de sa semence de graines.

Et quand le soleil se couchait sur la lagune embrasée, les femmes tamisaient le riz, remuaient leurs mains profondes dans la gorge du fruit. Au même moment toutes sortaient une poignée d'ivoire qu'elles lançaient d'un large mouvement, en offrande au volcan Gû qui ruminait, jasait de plaisir, tremblait de toute la longueur de ses racines abyssales. Les bras s'élevaient de nouveau, répandaient la pluie sacrée du riz vers la face de Gû assombrie de crépuscule et crêtée de rouge. Tô, bien sûr, était la plus belles des amantes du géant que ses bras semblaient ensorceler de colliers de riz clair.

Quand la nuit fut enfin pleine et que l'éclat de lune de la paille étalée rayonna sous les étoiles, Haruo s'approcha de la chambre lacustre où pour la première fois il lui semblait qu'il oserait entrer. Le spectacle de la lagune le retint pourtant un moment, sa carapace glissante de remous. Son remuement obscur, son moyeu de scintillations noires… D'un coup, il sentit l'emprise de sa hantise, il fut frappé par l'idée que la pieuvre était déjà venue, occupant la place de la chair et du riz. Il redoutait de pousser son visage jusqu'à la lucarne. Sa vieille peur le poignait. Il aurait voulu se l'arracher de la poitrine. Et cette terreur lui apparaissait à la fois très ancienne et nouvelle. Il réussit à vaincre ses pressentiments. Il se haussa, coula un regard vers le lit. Il scruta. La couche de Tô était vide. Alors les soupçons lui revinrent, cette escapade de Tô au milieu des moines nus. Le préféré de Hô lui plaisait. Allan la fascinerait. Il ne faisait pas le poids devant de tels rivaux… Il se détourna de la maison lacustre qui lui sembla aussi orpheline que lui dans la solitude de la nuit. Il fut traversé par ce sentiment incongru que Tô avait abandonné la grande Oryui même, vieil oripeau de jouissance, rebut des archaïques cavernes, bête de carnaval. Tô, oui, maintenant devait ricaner de cette apparition grotesque. Comme si la pieuvre n'était que le produit du cerveau d'un adolescent immature, une affaire entre lui et elle. Il sembla à Haruo que Tô décollait soudain de son mythe, s'affranchissait des tentacules de la légende et du rêve, les laissait, en effet, lui et l'affreux masque de la pieuvre, face à face, dans une commune désolation. La mer était vide, la lagune ne bruissait d'aucun songe. Nulle brillance profonde n'émanait de son puits. Il n'y avait que l'aura du riz dans les grondements de Gû.

Il traversa le village, épia chaque maison. L'horreur de devoir aller jusqu'au campement d'Allan l'habitait. Tout au bout de l'enchaînement de maisons retentit le bruit du générateur électrique. Haruo aperçut les lampes de celle d'Osamu et de Satô. Les seules qui restaient encore allumées. Il entendit des exclamations. Il s'approcha, il regarda en passant la barque vide d'Osamu dont l'ovale qui lui parut immense, béant et noir lui perça le cœur. Tout à coup il pensa que Satô était une véritable démone, qu'elle était parvenue à réunir sous son toit, à les réconcilier après les avoir enivrés, à la fois Osamu, Allan, en présence d'une visiteuse de choix : Tô. Il distinguait les voix du couple. Il attendait que surgisse de la nuit le rire cynique d'Allan et la parole perdue de son amour. Il redoutait le déchirement de soie de la voix, comme un voile de mélancolie qui finit de glisser sur un timbre nouveau, inédit. Celui de Tô attirée dans les bras d'Allan. La veuve rirait d'une joie de femme sûre et mûre. La pieuvre ne serait plus qu'un amas de loques putrescentes qui envahirait Haruo de nausée.

Mais le couple bavardait. Et personne d'autre ne venait

se mêler à leur conversation. Tout à coup, la voix de Tô apparut. Cette voix posa une question. Elle était donc bien là ! Haruo n'avait pas compris la question dont le couple riait doucement. Haruo s'approcha contre les claies. Il fit le tour de la maison jusqu'à la fenêtre ouverte sur la nuit. Il jeta un regard. Osamu et Satô jouaient aux dés et Tô assistait à la partie. Ce fut un large bonheur dans le cœur d'Haruo, il remonta la rue illuminée de riz. Il se pencha sur un van dans lequel il découvrit quelques grains oubliés. Il les prit dans sa main, il les porta dans sa bouche, il les garda sous sa langue. Même dans son lit, quand le sommeil l'envahit, il conserva les perles du riz blanc.

Les cochons sentirent qu'on en voulait à leur peau. C'étaient des porcs bien gras, gaillards, pétants de santé, pleins de sagacité. Acculés dans leur habitacle, ils bondissaient par saccades, hurlaient, s'échappaient des bras qui voulaient les saisir. L'un d'eux, d'un coup de boutoir violent, creva la paroi de la porcherie et toute l'escouade se rua dehors. Les enfants accoururent, les voisins, tout le village prit en chasse ce qui devait constituer le fleuron du festin du soir. On décida de changer de tactique, de ne plus semer la panique chez les animaux, d'attendre plutôt qu'ils se calment pour les amadouer avec des choux, des cœurs de choux bien odorants. Les cochons regardaient les légumes alléchants tout en se tenant à distance, oreilles battantes et grognements. L'un d'eux, le plus jeune, finit par céder à la gourmandise et trottina, replet, vers l'appât. Cinq hommes fondirent sur lui, en lui passant une corde autour du cou. La bête poussa un glapissement aigu, rua, se cabra, cabriola, se tortilla, faisant valoir, à chaque soubresaut, ses beaux bourrelets de gras. Les hommes excités par la lutte avaient des grimaces de jouissance sadique. Un gaillard sortit un long couteau et commença d'égorger le cochon dont le cri atteignit des paroxysmes de frénésie. Il se débattait de plus belle, roulait au sol, fusait dans toutes les directions, mais la corde qui l'étranglait le ramenait promptement à son supplice. Le sang déferlait, fumait, recueilli dans un seau. L'agonie n'en finissait pas, la bête gardait d'intarissables ressources de saccades, de gigotements, et son cri illimité maintenait son registre maximal. Les villageois n'en perdaient pas une miette. D'autres cochons furent rattrapés et abattus. Et la fanfare des cris épileptiques occupa une partie de la matinée. Les petits enfants regardaient, entendaient, sans marquer d'épouvante mais serraient dans leur main celle de leur mère.

De grandes nattes furent étalées au bord de la lagune où l'on disposa toutes sortes de récipients, de bols, de marmites tandis que les porcs rôtissaient sur des broches. Leur graisse devenait cramoisie, éclatait, perlait, rissolait. Les groins et les oreilles tournoyaient, les queues tire-bouchonnaient. C'étaient des bêtes bien potelées. Dans leur ventre ouvert puis recousu, les femmes avaient fourré des abats coupaillés, des piments, des herbes, des fleurs et des fruits. Cela les boursouflait davantage. Parfois une couture craquait et un ruisseau de farce parfumée dégorgeait du porc. Les femmes en récoltaient la divine sauce dans des bols. Tout le monde venait voir les quatre cochons flamboyer dans leur sueur écarlate, toute miellée de saveur.

Sur les nattes affluait le train des autres victuailles, canards dorés, cuissots de cerf, anguilles de la lagune, calamars taillés en bracelets fins, frits aux petits oignons, crevettes et crabes farcis, blancs de poulet cuits dans des feuilles de banane. Satô apporta sa fameuse soupe dans une grande bassine. C'était un bouillon bourré de vermicelles de riz, de coriandre, de morceaux de volaille et de viande, de piments divers et d'assaisonnements secrets. Satô ne révélait jamais les détails les plus délicieux de sa recette. Des blagues fusaient. Les hommes lui demandaient ce qu'elle nichait donc de si enivrant au milieu des légumes ?

Tô avait préparé des galettes et des crêpes. La mère d'Haruo, toutes les femmes de l'île avaient profité de la récolte pour fabriquer des myriades de plats avec le riz nouveau. Des pyramides de grains immaculés fumaient, exhalant une odeur de musc et de lait. C'était un riz pur et fort, animal et musclé, ferme et moelleux, souple et galbé. Le fruit des laves et des sources. Il sentait la bufflonne et la secrète panthère.

De loin Haruo vit arriver Allan avec les moines. Osamu le fixa d'un œil mauvais. Mais Satô qui veillait au grabuge écarta son homme en le rapprochant de Tô. Le géant Hô et la mère d'Haruo se mirent à distribuer les places. Allan s'assit à un bout d'une longue natte, de dos par rapport à la jeune veuve installée à l'autre extrémité d'une natte parallèle. Hô avait pris ses dispositions, devinant les angoisses d'Haruo. Les vieux étaient assis au milieu de leurs enfants. Certains parlaient beaucoup, des femmes piaillaient, jacassaient, d'autres timides et fluettes dégustaient avec ravissement une tranche juteuse de pourceau. Il y avait des petites filles au regard écarquillé de gourmandise, de grands garçons qui piochaient dans les plats sans vergogne et se bâfraient en buvant de l'alcool de riz. Une très jeune fille se distinguait par sa peau délicate, sa chevelure enroulée en un chignon de princesse, traversé d'une longue barrette d'écaille. Son pagne était soyeux et fleuri d'oiseaux. Allan la regardait, ce qui rassurait Haruo. Mais la jeune fille glissait des œillades douces et discrètes vers le préféré d'Hô qui lui rendait son attention par des langueurs de prunelles. Satô et Osamu, pour le moment, mangeaient. Ils dévoraient, assaillaient tous les plats à la fois, mélangeaient le sucré, le salé, le musqué, le gingembre, buvaient sec en éclatant de rire.

Hô, le très saint, avalait assez goulûment son riz. Allan commençait de s'ennuyer, flanqué entre deux moines muets qui engloutissaient tout ce qui passait. La belle jeune fille fuyait son regard et il comprit qu'elle s'intéressait davantage au préféré du géant.

A la fin du festin, les convives se déplacèrent pour former des groupes joyeux et volubiles. Haruo surveillait Allan. Evitant que ce dernier ne le rejoigne du côté de Tô, il prit les devants et alla lui parler. Allan s'était mis à boire de grandes rasades d'alcool pour se désennuyer. Il montrait Satô à Haruo et recommençait son couplet sur les avantages d'une telle maîtresse qu'il était prêt à partager avec lui, le soir même. Osamu abruti finirait par s'écrouler dans un coin. Puis Allan désigna au garçon la très jeune fille gracieuse, en lui demandant son prénom. Haruo lui dit tout ce qu'il savait sur elle.

– En voilà une amante idéale pour toi ! Très belle ! Très très ! Et sous son air nacré, on sent le pli de la sensualité, tu sens cela, n'est-ce pas ? C'est évident !...

Alors, Allan se mit à dévisager, une à une, toutes les femmes alignées le long des nattes. Il se penchait, scrutait, commentait, découvrait de jolis visages. Ce fut au moment où il atteignit l'extrémité de la rangée qu'occupait Tô que cette dernière, voulant jeter un coup d'œil sur Haruo, se retourna de biais. Allan fut surpris par sa beauté. Mais elle déroba aussitôt son visage.

– C'est qui, celle-là ?

Haruo sentit qu'il s'agissait d'une question de vie et de mort. Il ne pouvait pas répondre qu'il ignorait qui elle était. Il ne pouvait pas exagérer dans le sens d'une indifférence feinte, car Tô était la plus belle femme de l'île.

– C'est l'épouse du pêcheur que tu vois là-bas.

Haruo avait choisi un grand type beau et fort, quitte à être plus tard démenti.

– C'est une beauté un peu froide tout de même... non ? La petite me plaît davantage, avec ses airs précieux. Elle est très mignonne quand elle déguste sa galette de riz.

Hélas, Allan, au lieu d'en rester là, se mit à comparer encore la fille au chignon avec Tô dont le visage demeurait détourné. Ce fut un supplice pour Haruo. Car Allan prenait tout son temps, penché en avant, attendant le moment propice où la belle finirait par regarder dans leur direction. C'est alors que Satô, qui avait changé de place et s'était éloignée de Tô, l'interpella soudain. Tô fut obligée de se retourner pour lui répondre. Allan ne pouvait que voir ses grands yeux noirs, sa peau blanche, ses pommettes hautes et fines, sa chevelure droite et pure, son torse aux mamelons hérissés.

– Ah ! Tout de même... elle vaut bien l'autre ! Plus faite finalement, plus mystérieuse, moins de manières que la petite. C'est du sérieux ça ! Satô a l'air d'être une copine !

Satô vit qu'Allan regardait Tô, aussitôt elle rompit son dialogue avec son amie, car elle n'aimait pas la vigilance aiguë qui s'était emparée d'Allan à sa vue. En revanche elle se mit à adresser aux deux hommes des mimiques et des sourires promettant les délices du paradis… Sournois, le regard en coin, Osamu veillait ! Il surprit l'intrépide regard de son épouse et se dressa d'un bond, saoul mais lucide !

Il s'élança vers Haruo et Allan et les prit à partie d'une voix furieuse. Tous les deux à la fois, car il savait que son épouse les désirait autant l'un que l'autre. Il voulait leur casser la gueule sur-le-champ. Il les défiait en brandissant le poing. Allan ricanait doucement, affalé sur un coude.

– Buvons plutôt un coup, Osamu. On ne va pas gâcher la fiesta des moissons ! Quoique tu n'aies pas tout à fait tort, même si tu exagères, oui… cet Haruo, tout de même, c'est un séducteur, l'air de rien, avec ses cils de biche, il fait des ravages dans le cœur de innocentes. Viens donc t'asseoir, c'est religieux ! C'est la ripaille du riz ! Une denrée sacrée !

– Ta gueule, sale étranger ! hurla Osamu.

Allan haussa les épaules et se mit à déguster un reste d'alcool, le regard résigné. Le géant Hô, piloté par son préféré, rejoignit Osamu en trois enjambées.

– Allons, allons… On ne se dispute pas aujourd'hui, Osamu, je t'en prie…

– Ta gueule, le peintre !

Personne, jamais, n'avait osé insulter ainsi le très saint.

– Osamu ! Tu dépasses toutes les bornes, dit le géant avec une variation grave de son rire qu'on ne lui connaissait pas…

Tous les convives s'indignaient de l'injure faite au très saint. Satô avait accouru pour sermonner son mari.

– Toi, la putain, fiche le camp !

Satô gifla Osamu, celui-ci bondit pour l'étrangler. Alors, Hô l'empoigna au vol, le prit au collet en lui entravant les membres. Le préféré lui donnait un petit coup de main en tenant les pieds d'Osamu qu'on entraîna loin du festin.

Au bout d'un moment les deux moines revinrent. Ils avaient reconduit Osamu chez lui. Ce dernier avait fini par se taire et capituler.

Mais quand Satô fut de retour chez elle tard dans la nuit, Osamu avait disparu. Elle jeta un regard autour de la maison et vit que la barque s'était éclipsée, elle aussi. Elle hésita et faillit aller se coucher. Mais ses voisins trouvèrent que cette fugue nocturne d'Osamu ivre sur la mer pouvait mal se terminer. C'était tout de même le père des enfants de Satô. Et s'il avait tenté de franchir la barre, c'était bien dangereux.

Les villageois excités par l'alcool n'avaient plus très envie de se coucher. La recherche d'Osamu leur donnait l'occasion de prolonger la soirée dans un climat d'attente stimulante. Mais les femmes voulaient empêcher leurs hommes de se lancer sur leurs propres barques à l'assaut de la barre, car certains avaient vraiment trop bu. Heureusement, il y eut deux ou trois pêcheurs à peu près sobres qui entreprirent de mener les recherches.

On appelait Osamu sur la mer. Mais Osamu ne répondait pas. On agitait le faisceau des lanternes mais l'eau noire bruissait dans le désert. Le volcan émit un bruit sourd qui agita la houle. On alla du côté de l'îlot des murènes mais le gros caillou creux ne reflétait que son ombre basse. On fit le tour de Naoya. Le volcan précipitait son sang qui bouillait dans la mer. Le formidable crépitement éteignait tous les autres bruits. On revint. Satô perplexe regardait Tô en lui disant :

– Je vais être veuve comme toi !

Le lendemain matin, Osamu n'était pas revenu. Hô qui se préoccupait de son sort assura qu'il devait être vivant, qu'il avait abordé sur un rivage de l'île mais que, dévoré de honte, il restait tapi dans un trou sans oser réapparaître. L'île était truffée de cavernes, de caches forestières. Osamu allait se fondre dans l'invisibilité des panthères ou du solitaire.

On lança de nouvelles recherches au-delà des rizières. On inspecta une partie des marais. On renonça à explorer Oru, car tout le monde savait qu'Osamu redoutait ses profondeurs.

Trois jours passèrent. Satô se préparait sérieusement au veuvage.

– Tu as de la peine ? lui demanda Allan, sceptique.

– Osamu reste l'homme de ma vie ! lui répondit-elle avec aplomb.

– Comme c'est dramatique ! s'émerveilla Allan.

– Ce n'est pas pourtant toi qui vas élever mes enfants !

– Tu trouveras des amants généreux partout, Satô ! Je ne me fais pas de souci. Une jolie jeune veuve comme toi, ça excite bien des gaillards ! Des jeunes en plus !

Un soir, Osamu revint dans sa barque. Il prétendit qu'il était allé très loin sur la mer sans jamais se perdre, que ce séjour océanique lui avait donné la mesure des choses. Tout le monde s'étonnait de son air philosophique et se demandait s'il n'était pas encore plus malade qu'avant. Il reprit sa vie avec Satô mais du bout des doigts, faisant la moue sur l'esprit pratique de sa femme, ses préoccupations domestiques et vulgaires. Lui, il avait sondé l'abîme. Il ne voulait rien révéler pour ne pas effrayer la population mais il avait vu une chose énorme... Voilà ce qu'il racontait aux paysans qui n'y croyaient guère mais que cela intriguait tout de même.

– Décris-nous un peu cette immense chose, Osamu !

– Cela ne peut se peindre, répondait Osamu en utilisant un langage recherché qui n'était pas du tout sa manière. De toute façon, vous ne comprendriez pas !

Et il tournait le dos à la compagnie avec une expression de dédain et de science.

– Pourquoi as-tu besoin de leur raconter cette histoire de vision, tu vas passer pour un fou ! lui disait Satô.

– J'ai vu ce que j'ai vu dans la nuit géante.

Satô le prévint que s'il continuait à parler ainsi, c'est elle qui s'en irait !

Bien sûr, Haruo ne croyait pas ce que disait Osamu. Mais cette immense chose marine le troublait. Allan, lui aussi, avait entendu les révélations du pêcheur. Alors, Haruo décida de guetter de plus près ses allées et venues. En outre, le fait que le zoologiste avait vu Tô entretenait une obsession qui le mettait au supplice. Il redoutait qu'Allan pose des questions à Satô sur son amie, qu'il vienne rôder autour de la maison de Tô, un soir, glissé dans la lagune sur son bateau pneumatique. L'invasion d'Allan. Son regard violant la maison lacustre. La fin du secret. Le commencement de l'horreur.

Sous différents prétextes, Haruo multiplia ses visites impromptues. Il voyait bien qu'Allan avait remarqué son zèle. Il mesurait sa patience rusée, car Allan évitait de s'en étonner. Haruo l'épiait aussi, s'approchait du campement, écoutait. Il aimait le voir travailler dans sa tente éclairée d'une lampe. L'ombre d'Allan, ses mouvements, le crépitement sec et doux des touches de l'ordinateur. L'intimité de la scène... Puis Allan sortait, allait pisser, parfois il marchait dans la nuit de la forêt, suivi de loin par le garçon. Cet Allan solitaire en proie à sa passion des grands arbres nocturnes peuplés de bêtes, il l'admirait, il l'aimait.

Un soir, Haruo, sans être vu, surprit Allan en train d'aller chercher du matériel de plongée rangé dans un sac au cœur du banian. Haruo rejoignit le rivage en moins d'une heure, presque sans cesser de courir. Il savait qu'Allan de son côté mettrait du temps à traverser la forêt jusqu'à la rivière au bord de laquelle il avait planqué son bateau. Osamu et Satô dormaient dans le village muet. Depuis la révélation qui l'avait frappé au cours de son errance sur la mer de Mâ, Osamu avait perdu son caractère possessif et soupçonneux. Il ne manifestait plus de jalousie. On se demandait si c'était une feinte ou du repentir après l'altercation injurieuse avec le très saint Hô. A la limite, Haruo aurait pu lui demander la barque. Mais ce dernier craignait qu'Osamu ne revienne soudain à son état naturel. On ne pouvait rien fonder encore sur une guérison si récente et si mystérieuse. Aussi Haruo vola la barque qui était une des plus souples, des plus véloces du village. A la rame il s'éloigna de la plage, puis alluma le moteur en le maintenant au régime le plus bas pour que sa vibration soit couverte par le bruit du vent et les clapotis marins. Haruo calcula qu'il avait de l'avance sur Allan. Il prit le parti de gagner l'îlot des murènes. C'est dans les environs qu'il avait surpris le zoologiste. Il paria sur son retour autour du rocher noir, crevassé de tunnels et de puits. Il faufila son embarcation dans une anfractuosité du roc et attendit. Les heures s'écoulèrent sans qu'Allan apparaisse. Un moment, Haruo eut peur, il entendit un bruit tout près de lui, un glissement. Alors retentit dans sa tête la voix de l'ennemi :

« Ah ! Voilà mon petit copain curieux ! » Il imaginait le ton, l'attitude d'Allan, son triomphe sarcastique ou la tactique inverse, une imprévisible douceur qui évite des paroles inquisitrices, adopte une écoute compréhensive, une complicité indulgente. Et c'était la voix la plus dangereuse d'Allan, car, là, il semblait d'une désarmante sincérité. Mais l'explorateur n'était pas venu. Alors Haruo repartit à la rame. Au lieu de revenir directement dans la lagune, il contourna le volcan Gû par l'autre face, la plus obscure, la plus abrupte. Après les cataractes du cratère, il se rapprocha du rivage dont il rasa les verticales noires. Il s'arrêta un moment pour souffler, pour écouter encore la mer, à cet endroit, d'une profondeur abyssale et solitaire, soudée à la masse du volcan dont elle était comme la pyramide inversée. Cela formait un bloc énorme et sonore d'une colossale matière dans le tonnerre du feu qui explosait dans le dos d'Haruo. Le bateau pneumatique d'Allan apparut dans un long reflet rougeoyant. On était bien au-delà de l'îlot des murènes, dans un désert imposant. La barque d'Haruo restait plaquée contre la muraille de Gû. Allan projetait le puissant faisceau de sa lampe sur la mer. Il avançait au ralenti, traçait des cercles concentriques, les rompait pour en dessiner d'autres. Puis il arrêta ses manœuvres, s'activa dans la nuit et Haruo l'entendit plonger. Il exécuta plusieurs plongées. Haruo voyait onduler sous l'eau le panache lumineux. C'était la seule lumière de la mer de ce côté du cratère. Allan n'avait pas peur des profondeurs. La nuit marine semblait son élément intime comme la noirceur d'Oru, une canopée de remous. Etait-ce bien « l'immense chose d'Osamu » que recherchait l'explorateur ? La même question tourmentait Haruo. Quand l'aube commença de percer, Allan, avec tout son attirail, repartit vers les marais. Haruo le suivit de loin, toujours en rasant le volcan. Une petite plage s'étendait entre les roseaux à l'orée de la rivière. Allan y aborda. Haruo avait abandonné sa barque pour se glisser directement sous le couvert du marais. Il distinguait la pâleur du sable. Allan était en train de débarquer des choses lourdes. Il les transportait à l'intérieur des taillis. Il n'allait pas très loin car il revenait vite pour continuer de décharger le bateau. Quand il eut fini, il remit le moteur dont la rumeur disparut peu à peu dans le lacis de la rivière. Haruo sortit de sa cachette, traversa la plage et chercha dans le marais la trace d'Allan, de ses pas, à travers les roseaux froissés. Il aboutit à une zone plus rocailleuse. Il y avait une grande dalle de pierre couverte de chaume. Haruo de toutes ses forces la déplaça et découvrit au fond d'un trou un grand linge enveloppant un ballot. Il l'ouvrit et vit des pierres sculptées représentant des dieux nus. C'est là que la voix retentit. Cela ressemblait tant à la scène dont il avait eu l'hallucination sur l'îlot des murènes qu'Haruo douta de la réalité. Allan lui dit :

– Si tu veux un dieu nu, je te l'offre… c'est une immense chose qui te portera chance, je suis sérieux.

… Paradoxalement, Haruo ne se sentit pas pris au piège. Il n'était pas paralysé de stupeur et de honte. Il écoutait la voix calme du tentateur avec une sorte de paix, de volupté intérieure. Peut-être parce qu'il préférait ces statues à il ne savait quelle preuve de la pieuvre. Il se dit qu'il fallait jouer le jeu, consentir au cadeau pour mieux protéger la seule chose immense qui comptait pour lui.

– Elle est belle, celle-là.

Il s'agissait d'une petite statue corrodée, boursouflée de coquilles parasitaires, une sinueuse danseuse à la hanche déportée de côté, aux seins lourds et au sexe dont l'entaille tachetée restait visible.

– Celle-là, Haruo, quand tu l'auras nettoyée, lissée, ce sera du bonheur pur, je te la confie, parce que je t'aime.

– Tu m'as aperçu depuis quand ?

– Depuis des jours... J'ai adoré que tu m'épies, que tu me suives. Cela m'excitait, c'était un plaisir profond. Tu étais presque invisible dans la masse du volcan Gû. Mais un reflet des profondeurs que tu ne pouvais voir de là où tu étais te révéla comme une statue, Haruo, la statue, Haruo ! Celle du prince. Tu vois, on a trouvé chacun la sienne. Je suis un voleur de statues, Haruo. C'est irrésistible, une statue. On ne sait jamais à quelle figure finalement elle renvoie. Tu verras, tu n'as pas fini de scruter la beauté de la tienne. Plus tu la contempleras, plus tu chercheras l'immense chose.

Allan savait qu'Haruo n'irait pas raconter l'histoire des statues. Haruo devinait que son ami aurait pu poser d'autres questions sur le sens de sa filature. Il pensa qu'Allan s'était peut-être aperçu qu'il était suivi, et qu'il avait pu leurrer le garçon en lui faisant croire qu'il ne se préoccupait que des objets sacrés. Mais Haruo sentait qu'il était improbable qu'Allan recherche la pieuvre géante avec son petit matériel de plongée et le faisceau d'une lampe. Son instinct, certaines révélations de Diana avant sa mort, la spécialiste des céphalopodes, pouvaient l'aimanter sur la mer. Il n'avait peur de rien, Allan. Peut-être attendait-il, en vaquant à ses rapines, l'apparition de la chose, l'irruption de sa tête crevant la surface des eaux, de sa tiare de cristaux gluants, de ses grands bras de banian de la mer. Le fantôme immense de Diana, de la revenante qui le hantait. La figure de son remords. Le face-à-face avec le visage de la mort. L'abîme. Haruo ne faisait qu'entrevoir ces hypothèses fuyantes. Mais si, dans sa haine, il aimait Allan, c'était pour toutes ces raisons obscures. Seule la question de Tô les séparait mortellement. Allan eût glissé sa barque dans la courbe de la lagune, abordant la chambre de Tô, ouvrant cette porte pour la surprendre qu'Haruo l'aurait tué, sans faillir, avec le harpon de pêcheur qu'il gardait dans la maison de sa mère.

La statue lui brûlait les mains. Il emprunta en pleine journée la vieille barque de ses parents. Il partit pêcher doucement vers l'îlot des murènes dont il dépassa le disque noir et percé. Allan ne risquait pas de surgir en plein soleil sur les lieux de ses crimes. Haruo rendit la statue aux profondeurs de la mer. Il revint par la lagune et passa devant la chambre lacustre. Tô nettoyait du linge sur le rivage. Une longue étoffe rayonnante qu'elle secouait dans l'oriflamme des eaux. Elle était agenouillée, elle leva le visage et lui sourit, ses manches retroussées révélaient le modelé de ses bras blancs et nus. Son pagne était remonté jusqu'à mi-cuisses. Le bombé de la chair s'épanouissait. Sur ses épaules ses longs cheveux noirs étaient trempés. Elle venait sans doute de les laver. C'était une scène quotidienne et belle qui paraissait complètement coupée de la dernière séance de pose où il avait contemplé entre les mêmes cuisses de la veuve l'épais pinceau percé. Or, ce privilège d'avoir vu ne lui en donnait aucun autre. Autant il était prêt à entrer dans sa chambre la nuit où il l'avait finalement retrouvée dans la maison de Satô, autant, dans la pleine lumière du jour, il n'éprouvait plus cette impulsion. Tout était calme et clair et comme incandescent, immaculé. Il ne sentait qu'un pur amour.

Il eut envie d'aller voir le géant Hô. Ce dernier peignait sur une table d'osier une forme plate et noire qui ressemblait à l'îlot des murènes cerné d'extraordinaires bracelets d'eau crêtée d'écumes blanches comme des gerbes fleuries.

Hô se leva et l'amena auprès d'une grande liasse de feuilles qu'il déploya sous ses yeux. C'étaient toutes les encres qu'il avait faites d'Haruo et de Tô depuis le début. Les pagnes, les torses nus, les poses choisies, les cuisses à demi découvertes, les sexes entièrement dévoilés, mais sous des esquisses, des versions, des variations si nombreuses qu'il s'agissait aussi du jeu des lignes libéré de tout objet achevé. Cela n'avait pas de limites… C'était la prodigalité des corps du monde.

Hô riait avec une grande douceur…

Soudain, la vision foudroya Haruo. Une feuille révélait, dans les puissants méandres parsemés de grosses ventouses blanches, la tête et les yeux de la pieuvre dont la bouche était collée au sexe immense et strié de poils d'une femme inconnue. On voyait son très beau visage renversé aux yeux mi-clos dans l'extase, sous la coiffe d'une sorte de chignon aux bosselures noires.

Haruo regarda le saint qui lui dit :

– Après le grand tremblement où j'ai perdu ma sœur chérie, je suis entré comme tu sais dans mes pérégrinations de moine errant. Un jour dans la grande île, très loin sur la mer, j'ai fréquenté un peintre qui possédait de nombreuses reproductions d'estampes. Je lui avais montré ce que j'avais commencé de peindre, souvent des paysages de l'île, des monstres fabuleux de notre tradition et ces nus qui ne réussissaient jamais à me rendre la vision de ma sœur, la nuit de sa mort. Alors il me montra une estampe. Il nomma l'œuvre vertigineuse d'Hokusai : *Le Rêve de la femme du pêcheur*. La pieuvre, son baiser. Je vis cette scène d'hypnose, de sexe, de vigilance animale et de volupté divine. Cette vision me parlait avec une telle force qu'elle s'incrustait comme une image interdite, irradiante. Les bracelets d'Oryui autour de la fine fente du pubis bombé, rayé de traits souples et noirs. Les yeux du monstre échevelé, haussés sous son crâne protubérant. Et le visage de la femme perdu dans l'abîme de la beauté. Etrangement, c'était comme si je reconnaissais cette scène.

Haruo dit alors :

– C'est cette pieuvre que le dernier tremblement a poussée sur le rivage. Tu l'as reconnue et tu as révélé son nom.

– J'ai reconnu sa puissance. Haruo, j'ai conçu ces séances de pose pour que tu puisses la regarder toi aussi, la reconnaître. Souviens-toi, quand tu m'as avoué ton amour de Tô. Cela a ouvert en moi tant d'images et, pardessus tout, celle-ci que tu vois.

Le lendemain, Haruo s'installa devant l'ordinateur pendant qu'Allan était allé se laver dans les sources chaudes. Il retrouva l'œuvre originelle en cliquant sur le nom qu'il avait demandé au géant Hô de lui écrire. La pieuvre existait.

Une seule idée l'obsédait nuit et jour, c'était de savoir quand Tô reverrait Oryui. Cette perspective lui semblait insupportable. Car il oscillait entre deux perceptions du monstre qui étaient devenues incompatibles. Il y avait la pieuvre vive, celle qui surgissait de la lagune nocturne, envahissait la chambre de Tô, s'enlaçait au corps de la jolie veuve. Cette pieuvre, il ne pouvait plus la revoir. Il voulait en finir avec elle. Il y avait la pieuvre d'Hokusai, c'était une grande image peinte qu'il pouvait contempler sans crainte.

Mais il redoutait le moment où Tô, aspirée par le charme de la sirène, oublierait tout, l'intimité de la chambre de Hô où ils s'étaient dévoilés l'un à l'autre, leur couple secret. Alors elle plongerait éperdument dans le puits de la pieuvre. Bafouant, détruisant le havre de la pose, leur rituel qui, pour lui, était devenu si sacré qu'il excluait tout autre ravissement.

Il guettait, chaque nuit, la chambre lacustre. Il épiait le sommeil de Tô. Il adorait le calme des eaux. L'effluve léger de la mer proche. Parfois, glissant un regard par la lucarne, il la voyait se débattre dans un rêve. Comme toujours elle dormait nue sur sa couche. Elle se mettait à prononcer un chapelet de mots incompréhensibles. Dans l'obscurité, la forme et la matière de son corps qu'il avait regardées de si près se noyaient dans une sinuosité confuse. La chevelure déversée pouvait, dans les volte-face du rêve, voiler presque entièrement la fragile clarté de la chair. C'était une bête ruisselante et noire qui la recouvrait. Une fois, au cœur de la nuit, elle se réveilla, se leva, marcha dans la maison, s'assit et but de l'eau fraîche. Elle avait allumé une lanterne de papier. Haruo suivait la scène à travers les claies de roseau. Sinon, elle aurait vu s'inscrire son visage dans le cadre de la lucarne. Il n'osait pas l'appeler, entrer dans la chambre. Il craignait qu'elle le repousse, qu'elle condamne l'indiscrétion du guet, cette intrusion nocturne. Son échine longue et claire s'étira quand elle se releva, sa belle cambrure dont le miroitement presque noir transparaissait dans les rais du roseau. Le balancement des deux fesses jaillissantes et rondes sous le rideau des cheveux obscurs. Elle se recoucha sur le ventre mais commença de bouger. Il entendit son souffle. Il put glisser un regard par la lucarne. Elle remuait, ses reins se creusaient, la chevelure se convulsait doucement, une main s'était coulée vers le ventre. Tô gémissait, la cavale des fesses s'accélérait, elle émettait des petits cris de plaisir. Au moment où elle se retourna, la main fourrée entre ses cuisses, Haruo se boucha soudain les oreilles et s'enfuit, saisi de honte de violer ce moment secret. Il lui sembla aussi qu'elle n'avait pas besoin de lui, qu'elle ne l'aimait pas, que les caresses qu'elle s'adressait étaient un substitut de sa complicité avec la pieuvre. Il se sentait lâche. Il avait peur de Tô, de son plaisir.

Une nuit, elle sortit, elle alla chercher la barque d'Osamu. Le volcan grondait. Elle alluma le moteur. Haruo sauta dans la barque de ses parents, toute vieille, rongée de sel et trouée. Tô prit la direction de l'îlot des murènes. Elle avait une longue avance sur le rameur, mais dans la masse lunaire de la mer, il distinguait l'ovale de son bateau noir. Une vague de jalousie le brûlait, il croyait qu'elle avait rendez-vous avec Allan. Elle était sa complice, ils extrayaient du flot les statuettes sacrées. Le cerveau d'Haruo fourmillait de délires.

Tô s'était arrêtée à quelques mètres de l'îlot. Un intervalle fluide et bruissant la séparait du rocher. Haruo avait abandonné la barque trop visible et s'était approché en nageant. Des nuages avaient rempli le ciel et caché les étoiles. Le volcan Gû ruminait, son cratère ne crachait plus de feu. Nulle coulée rougeoyante ne perçait son armure ténébreuse. Une accablante chaleur pesait sur la mer. Il n'y avait pas de différence entre l'eau et l'air. Haruo se sentit englobé dans la même glu. Il redoutait de voir se dresser la silhouette d'Allan. Alors, il faudrait le tuer. Il avait emporté le harpon, il l'avait sorti du fond du bateau et, dans sa nage lente, il le tenait d'une main à fleur d'eau.

L'îlot des murènes n'était qu'une ombre informe mal différenciée de la mer. Tout devint plus noir. Un grand deuil tomba sur les choses. Seule se détachait avec une certaine netteté la hauteur du dos de Tô. Et il y eut cette lente métamorphose du minéral des murènes. Il enfla, se bossela, une crinière d'algues sembla le coiffer. Une protubérante masse bougeait, se haussait. Une tête. Sa tête de vieille reine de l'abîme. Tout le drapé du manteau de tentacules. C'était la nuit qui se coagulait en un conglomérat visqueux. Le disque de l'îlot avait disparu sous la couronne de la bête. On ne voyait pas ses yeux, mais le sentiment qu'elle regardait était d'une intensité prodigieuse. Le dos de Tô restait immobile. Le volcan tremblait. La mer tremblait. Toute la chaleur de la mer qui étouffait Haruo. Il serrait le harpon dans son poing. Il attendait, il ne comprenait pas la tristesse immense qui descendait sur lui et sur Tô. La pieuvre était une tour noire comme la mort et son silence, le lent mouvement de ses tentacules en faisait un arbre géant et glacé. Tô regardait.

Alors la pieuvre parut glisser lentement du rocher qu'elle découvrit. On devinait le repli des tentacules, les méandres de leur chute dans les eaux de Mâ. Seule la tête restait haute et bombée telle la coupole d'un mausolée gluant. La pieuvre avança doucement vers la barque de Tô. Cela formait une houle basse dont les lames rayonnaient dans le firmament des eaux noires. De nouveau brillait la chose immense, allumée de lueurs rampantes. Haruo dardait lentement le harpon. Tô se pencha vers la mer. La pieuvre n'aborda pas la barque. Elle tournoya sur elle-même et la constellation de ses bras étincela dans le chaos marin bouleversé de grandissantes rumeurs. Gû éructait, tonnait. La grande Oryui se dressa au-dessus des flots. Dans une trouée de lune tranchante l'on vit ses yeux qui regardaient Tô. Mais les nuages denses éteignirent l'énigmatique, l'ultime regard de la souveraine qui se laissa sombrer dans les profondeurs en un long frémissement de mer de Mâ.

Un fracas éclata dans le volume de Gû. Le flot mugit sous une bourrasque brusque. Tô ralluma le moteur, vira et vit la barque vide d'Haruo. Au moment où elle l'atteignit, les membrures de la vieille chose crevèrent, prirent l'eau et furent engloutis. Haruo se taisait au ras de la mer, il avait lâché le harpon. La barque de Tô zigzaguait, le cherchait. Et c'était un délice d'assister à cette quête fiévreuse, de sentir l'angoisse de la veuve amoureuse dans le monde ébranlé.

Il l'appela. Elle le tira de la mer brûlante.

Le volcan devenait effrayant, il allait bombarder l'île de Naoya. Ils eurent le temps de rejoindre la rive où les habitants de Kô étaient réunis, vociférant d'effroi. Certains voulaient s'embarquer, fuir, d'autres jugeaient qu'il fallait attendre. Aucun feu ne jaillissait des deux cratères, ce n'était qu'une succession de roulements et de lourds vacarmes.

La nuit se passa ainsi, car il y eut des accalmies. Mais la crête de Gû déchira l'aube. Ce fut bientôt une aurore noire. Gû dégorgeait un formidable bourgeonnement de nuées qu'un vent de tempête déversait en direction d'Oru. Cette matière ne fusait pas vers le ciel, c'était un vomissement de panaches véloces, proliférants, qui dévalaient un versant. Une avalanche boursouflée, grise, dont s'écarquillait le champignon assourdissant de cendres, de pierres et de ponces.

Hô, accompagné de tous les moines, avait accouru pendant la nuit. Ils avaient emporté la statue de Kannon qui était dressée sur la plage. Allan était là. Il avait appelé les secours. Tous voyaient que les tourbillons ardents avaient atteint le dernier village qui occupait l'extrémité de l'arc de la lagune. Des témoins qui avaient eu l'instinct de rejoindre le rivage de Kô rapportèrent que des habitants s'étaient réfugiés sur la plage où la mitraille avait dû les ensevelir. Déjà des barques de pêcheurs emmenaient des familles effarées. Allan disait que le nuage pouvait aussi bien virer et les rattraper sur la mer et qu'il était peut-être préférable de rester pour le moment sur le périmètre de Kô épargné par la poussée du vent.

L'énorme cataracte tonnante et gonflée ne cessait de jaillir du volcan, se ruant sur la forêt d'Oru où elle ouvrait un couloir de mort et de pierres. Mais la masse des gaz, des volutes échappées du cratère, finissait par se répandre autour de l'axe de la coulée. L'île se recouvrait d'un plafond empuanti, irrespirable. Tous reculaient d'instinct vers la mer et les barques quand deux hélicoptères surgirent au ras du flot. Ils tournoyèrent comme pour faire le point de la situation et l'un d'eux se posa sur le sable. Des militaires accoururent vers les villageois et leur annoncèrent l'arrivée d'engins plus gros qui les dégageraient de l'enfer. Ils distribuèrent des masques à oxygène. Un reporter et un vulcanologue, munis de caméras et d'objectifs protubérants, s'installèrent sur le rivage. Quelques heures plus tard, apparut au-dessus des vagues la flottille de gros-porteurs qui purent atterrir sur une large bande de sable. Tous les villageois avaient rassemblé en hâte leur misérable barda, ils devaient abandonner les buffles, les porcs, la volaille, les meubles. Les pales des longs hélicoptères militaires brassaient l'air à l'avant et à l'arrière. Leur tapage mécanique et saccadé coupait les grondements plus profonds du volcan. Dans une rafale de tempête, des bras des sauveteurs se tendaient pour happer dans les machines les habitants de Kô gesticulants. Ainsi, Haruo vit disparaître son père et sa mère... Mais on ne pouvait pas emporter tout le monde en un seul voyage. C'est alors qu'Osamu décida de partir sur la mer dans sa barque à moteur longue, large et puissante. Le très saint Hô était d'accord car il voulait embarquer la statue dans l'exil qui s'ouvrait. Les sauveteurs ne se seraient pas encombrés de Kannon. Haruo et To se serrèrent dans le vaisseau en compagnie de Satô, d'Osamu, de leurs deux enfants, d'Hô et du préféré. Les derniers habitants de l'île se fourrèrent dans les deux petits hélicoptères. Ne restait plus dans l'île profonde que le solitaire peut-être englouti par la nuée ardente. Les habitants de Naoya ne comptaient pas tout à fait au nombre des hommes les deux extraterrestres encapuchonnés et masqués qui pointaient leur attirail sur la bouche effervescente de Gû.

Au dernier moment apparut sur la plage la grande coche de Satô flanquée de ses cinq petits. Dans la langue de Naoya on disait coche à la place de truie. Satô voulut les embarquer ! Tous hésitèrent mais la vague des petits battant la mamelle de la coche les convainquit soudain. On hissa dans la barque la femelle et les grappes gigotantes de sa progéniture couinante.

La barque d'Osamu les arracha à l'île natale, à la douceur des heures. Gû fulminait, déballait ses entrailles intarissables dans le même boucan de fin du monde. La barque voltigea sur les crêtes des vagues et perça la barre de corail. À la proue la statue de la déesse faisait face. L'île diminuait à la vue. On ne voyait plus que le dôme noir du nuage qui mangeait un croissant de terre intacte. Cela devint une sorte de boule, de pelote qui s'aplatit peu à peu. Ils regardaient tous dans la même direction. Certains ne voyaient plus rien, qu'un liséré nébuleux. D'autres distinguaient encore l'anneau brisé de leur île. Mais au bout d'un moment ils convinrent que tout avait disparu. Alors ils se regardèrent et tombèrent en larmes. Sur la mer aveugle, Hô se taisait en retenant de son bras le corps de la déesse au pied de laquelle la grande coche et ses pourceaux s'agglutinaient.

Tous furent orientés et débarqués sur deux atolls que reliait un gué à marée basse. Un navire vint interrompre la course d'Osamu qui ne pouvait rallier les atolls très éloignés de l'île. Les voyageurs accompagnés de Kannon, de la coche et de ses petits furent hissés sur le bateau. La coche et ses pourceaux glapirent dans les airs, le ventre ceinturé d'un harnais. La déesse muette s'envola par le même chemin. On arrima la barque d'Osamu contre la coque. Le navire alla récupérer en mer les deux ou trois autres barques qui avaient choisi de quitter l'île aussitôt.

De longues tentes furent dressées. Pour éviter la promiscuité, les hommes occupèrent l'atoll occidental et les femmes son jumeau à l'orient. La déesse et la coche furent installées chez les femmes. Mais l'étroite bande de mer qui séparait les deux îles n'était guère profonde et le gué affleurait deux heures par jour. Hormis quelques cocotiers, l'espace était désert. Hélicoptères et navires apportaient l'eau et la nourriture. Deux médecins examinèrent les villageois. Osamu refusa. Il n'avait jamais été malade !

– C'est mon âme qui est préoccupée !

Le docteur lui demanda ce qu'il voulait dire. Alors, Osamu observa la mer et la position du soleil, il parut trouver la direction de l'île perdue et répondit :

– Une chose immense absorbe ma pensée, un étranger ne peut le comprendre.

On dressa la statue de Kannon, le visage tourné vers Naoya qu'avait indiquée Osamu.

Bientôt les villageois s'attroupèrent autour de l'écran de télévision qui était installé dans l'infirmerie de fortune. Ils découvraient les images de leur île dans un brouillard de cendres. Certains s'exclamaient en reconnaissant leur maison, mais la plupart se taisaient, médusés par la multiplicité des plans qui restituaient à toute vitesse toutes les facettes de leur terre. Le chaume doré des rizières sur les terrasses entre les diguettes abandonnées. Le cercle calme de la lagune, le moutonnement d'Oru. Les voix s'élevèrent de nouveau quand on aperçut les buffles effrayés courant le long du rivage, les cochons dispersés. Puis la caméra remonta le flanc du volcan Gû et se fixa sur le cratère adventif qui semblait s'être évasé, effondré pour mieux propager des remous effervescents de gaz et de poussières. Cela s'épanchait vers la forêt en une grosse nappe houleuse. Et les paysans et les pêcheurs de Naoya discutaient en faisant de grands gestes pour mesurer, cerner l'étendue du désastre. La moitié des marais, une large bande de forêt avaient été carbonisées, écrasées, recouvertes d'un ciment épais de cendres. Enfin, l'image – accompagnée de son commentaire pathétique que les habitants ne comprenaient pas – se fixa sur une plaque en forme de disque grisâtre et bombé qui avait pris la place du dernier village de l'anse de la lagune. Nul arbre, nul toit, nul taillis n'émergeaient de ce magma opaque dont la galette entrait dans la mer.

En comptant tous les rescapés réunis sur les deux atolls, on avait évalué à vingt-trois le nombre de morts et des disparus.

Le film remonta tout l'arc de la lagune. Tout le monde s'écriait maintenant à la vue de chacune des maisons désertées, des courettes, des vérandas de roseaux, des pilotis, d'une pagaille de canards répandus partout. Haruo et Tô découvrirent en même temps la maison lacustre sur laquelle l'image s'attarda, insista. Car la fumée ne l'enveloppait pas d'un nuage trop dense et l'on voyait son architecture délicate et distincte à l'écart des autres. C'était une vision encore pure sur l'eau paisible. Haruo était assailli de douleur et de rage. Il lui semblait qu'on violait le sanctuaire de son amour, qu'on en livrait le secret partout dans le monde. Il aurait voulu détruire cette image. Mais la caméra était libre de circuler, de montrer, de fouiller, elle possédait l'île.

Une partie du rivage était occupée par un bataillon de techniciens qui dirigeaient sur le volcan un arsenal de téléobjectifs plus énormes les uns que les autres et d'un métal éclatant. C'était des types de toutes les nationalités, couverts de casquettes, les yeux protégés d'épaisses lunettes. Ils s'activaient, focalisés sur le séisme, ils n'en perdaient pas une bouchée, ils avalaient le spectacle de la catastrophe. Et leur voracité hérissée de canons dardés révoltait Haruo.

Ce fut rapide, l'image s'accéléra, happa au vol un homme armé d'une caméra. Il dévalait la pente de Gû. Il courait à toute vitesse car une effusion impromptue du volcan venait de se produire dans sa direction, un nouveau cratère explosait. La vague de cendres déferlait, se déployait, s'écarquillait comme la fleur d'un chou géant. Le type se retournait, filmait encore en courant. Et le tentacule foudroyant de la nuée l'engloutit dans un spasme.

Les habitants de Naoya se turent mais leur silence n'exprimait pas l'effroi et le deuil. Ce pantin qui s'agitait sur la pente de leur volcan n'avait rien d'humain à leurs yeux. Il n'avait qu'à fuir comme eux. Son comportement n'était pas considéré comme de l'audace mais comme un caprice morbide à l'image de l'attitude des autres reporters amassés sur le rivage, avec leur attirail de casques, d'oreillettes, d'antennes et tous leurs instruments de mitraille et de piraterie.

Un journaliste demanda à Hô ce qu'il pensait de la catastrophe, ses réactions à chaud ?

– A votre avis ? dit Hô.

L'autre insista :

– Que ressentez-vous à la vue de votre île ravagée, de vos maisons ?

– Vous pouvez le deviner aisément !

– Oui, mais c'est important que nos téléspectateurs entendent votre témoignage direct.

– Toutes vos questions sont inutiles et laides, lança Hô, vous venez du monde de la grande laideur. Partez !

Le journaliste que rien n'ébranlait s'en alla glaner des témoignages auprès de certains habitants qui pleuraient.

Le lendemain, quand les moines s'alignèrent pour prier devant Kannon, vingt caméras filmèrent les rangs de leurs robes dorées, la scène alternait avec les vues les plus saisissantes de l'éruption. La cavale du type surpris par l'avalanche était le clou du spectacle. Les mêmes commentaires revenaient en boucle, les mêmes interviews creuses. Les mêmes plans sur des visages désolés. Le meilleur étant une mère donnant le sein à son enfant au milieu de la troupe en déroute des autres habitants. Ou des vieillards muets, les joues creusées de rides. On insistait particulièrement sur les files qui attendaient pour consommer leur portion de riz distribuée par l'équipe de secours. Mais le sommet, l'icône suprême c'était la plaque, la tombe gris sombre qui avait dévoré les habitants d'un coup. Sous tous les angles on la découvrait, d'en haut, d'en bas, sur les côtés, cela prenait des formes fuyantes de soucoupe volante ou d'urne colossale, de monument funèbre et miroitant de cendres, avec des effets de glacis qui voulaient exprimer le mystère et le silence opaque de la mort et du destin. L'injuste sacrifice des misérables pêcheurs de Naoya.

D'autres images développaient des schémas explicatifs sur la chambre du magma, la soudaine propulsion des gaz. Défilait un éventail de catastrophes volcaniques liées à des phénomènes différents. Il s'agissait aujourd'hui de nuées ardentes, de projections pyroclastiques. Mais on égayait ces considérations pédagogiques grâce au plan bien pathétique d'un buffle totalement moulé dans la cendre comme une œuvre d'art contemporain. Avait-on l'image du type gainé de bitume, vitrifié dans sa course, caméra au poing ? Un magazine en avait acheté les droits et le réservait pour sa publication. Pompéi recommençait. Mais c'était un Pompéi de poche, peu de morts, peu de panache. Rien n'égalait un grand tremblement de terre de l'Inde. Avec, au bout du dixième jour, le rescapé miraculeux sorti des décombres, juste à la barbe du bulldozer, l'idéal était un bébé. Moïse.

Allan se révélait sociable et participatif. Il partageait son temps entre ses séjours dans l'île où il se rendait avec les militaires et les scientifiques et des répits sur les atolls dans les tentes du personnel de secours. Il proposa à Haruo de l'emmener dans le village de Kô, s'il voulait prendre ou mettre à l'abri quelques affaires. Ils agiraient discrètement. Haruo refusa. Allan lui révéla que le campement d'Oru n'avait pas été détruit, que le banian géant était intact mais qu'une partie des secrètes rivières avait été touchée. Haruo alors lui demanda si la sculpture du prince et de la concubine était sauvée. Allan hésita, déclara qu'il n'avait pas pu se risquer encore sur les lieux, qu'à son avis l'œuvre avait été épargnée, pour le moment !

– Ce serait dommage que la concubine à cheval sur son prince finisse dans cette éjaculation de cendres !

Haruo devinait la tentation… Allan brûlait de découper, de dérober la pierre comme il l'avait déjà fait du phallus et des statues dans la mer. Il souriait à Haruo, dans un mélange de cynisme et d'enfance. De sa main nue, on eût dit qu'il caressait à la fois le corps du prince et de la concubine, les unissait au fond de la rivière d'Oru.

– Tu ne veux pas venir avec moi y jeter un œil, je

te ferai passer pour mon assistant, pour un apprenti entomologiste ! On sera pépères, plus âme qui vive... Peut-être qu'on rencontrera le solitaire et la jolie bufflonne. Tu sais un cataclysme, au fond c'est excitant, cela excite tout le monde...

Allan ne semblait pas avoir revu Tô. Il ne posait pas de questions sur elle, en revanche il avait repéré la tente qui abritait la jeune fille précieuse qu'il avait remarquée au festin. Son statut lui permettait de passer d'un atoll à l'autre sous différents prétextes et il voyait aussi Satô, mais elle était toujours entourée d'autres femmes. Il avait repéré un coin de rochers tranquille, il comptait l'y emmener car il avait envie d'elle, une vraie fringale ! dit-il à Haruo.

Mais Satô s'était amourachée du plus jeune des deux médecins avec lequel elle avait réussi à nouer une relation privilégiée, servant d'intermédiaire entre lui et les autres femmes, d'infirmière improvisée. C'était un barbu blond. Satô le trouvait beau comme un soleil. Lui, n'était pas insensible à sa silhouette trépidante, à ses reins de sorcière entrouverts entre ses cheveux noirs. Osamu qui franchissait le gué deux fois par jour n'avait pas été dupe de son jeu mais cette danse triviale le laissait indifférent, il s'était rapproché du géant Hô auquel il posait des questions sur Bouddha, les avatars, le karma, le non-désir, la voie du juste milieu, les boucles et les cycles de la création. Ces porcs d'étrangers qui envahissaient tout semblaient n'y songer jamais, rivés à leurs images qui les aveuglaient dans la fureur de l'actualité.

Un jour, le journaliste qui avait interrogé Hô en vain revint à la charge. Ce moine l'horripilait ! L'entendant discuter avec Osamu, il lui demanda de lui expliquer ce qu'il entendait exactement par la voie du juste milieu. Ils marchaient à l'écart le long du rivage. Soudain, le journaliste avisa la silhouette totalement nue du préféré qui entrait dans la mer.

– Il a du culot votre disciple ! Il se baigne à poil !

– Il est beau, il le peut.

– La beauté des corps serait-elle un principe bouddhique ? On lui voit le derrière comme la main...

Malicieux, Hô désigna son préféré qui avançait dans l'eau. Ce dernier ne dissimulait toujours pas le bloc de ses fesses parfaitement scindées par la raie. Et Hô déclara en la montrant :

– Voici la voie du juste milieu !

La grande coche ne marquait nulle appréhension devant son nouveau territoire. A la différence des exilés qui restaient autour des tentes, inertes, accablés, cernés par des équipes de reporters de plus en plus nombreuses depuis la mort de leur confrère. Elle était gaie et ne faisait pas le tri entre les humains, elle se baladait allègrement, sertie dans son grouillement de pourceaux. Les petits cochons étaient clairs, tachetés de rose alors que la longue barrique ballottée de leur mère était noiraude, poilue, maculée de taches rosâtres qui émaillaient sa toison. En battant des oreilles, elle passait d'un atoll à l'autre, allait voir les femmes, fouinait chez les hommes, les médecins, les journalistes... Toutes les tentes l'attiraient. Le monde était d'une grande diversité. Partout des mains se tendaient pour lui offrir des quignons, des épluchures, un fond de riz. Elle reniflait, inspectait de son groin vivace les corps et les choses. C'étaient des rafales d'odeurs souvent inconnues qui semblaient la griser. Les enfants la poursuivaient, elle les laissait faire sans accélérer le train. Soudain elle basculait dans la poussière. Son ventre énorme, gondolé de pis, s'offrait à ses petits couinants et gloutons, ils se pressaient, chahutaient, se chevauchaient, se ruaient sur les trayons. Serrés les uns contre les autres comme des saucisses, ils engloutissaient le lait de la truie dont la tête couchée béait de sérénité.

Au journaliste qui assistait à la scène, le grand Hô déclara que la truie était bonne comme le Bouddha.

– Elle est bien crottée, bien gourmande, bien fureteuse et bien voluptueuse, répondit le journaliste avec un air de réprobation.

Hô lança :

– C'est Kannon avant le nirvana !

– La déesse est une truie, vous enseignez cela à vos disciples !

– Le cochon est l'animal le plus philosophique, sa générosité est sans limites. Cette grande bête est bien plus proche de Dieu que tu ne le seras jamais ! Décidément tu es un sot, je ne sais de quelles souillures s'entachent tes vies antérieures !

Hô riait, il suivit la grande coche qui arriva sur le rivage. Elle cavalait entre les galets, soulevait les algues, dégotait des coquillages et des crustacés. Elle entra dans la mer et prit un bain avec ses petits trémoussants que les vagues culbutaient et qu'elle ramenait à elle avec son groin.

Haruo traversa le gué et rejoignit Tô sur la plage dans une enceinte naturelle de coraux qui les abritait des regards. Séparé de l'atoll par un bras de mer, se dressait un haut rocher autour duquel tournaient, criaient des tourbillons de grands goélands immaculés. Parfois, ils étaient tous posés sur le récif qu'ils habillaient de leur plumage. On voyait leurs gros becs jaunes et crochus. Ils jacassaient énormément, puis un pan entier d'oiseaux s'envolait de plus belle, virait dans le ciel bleu. Tô aimait les voir prendre de la hauteur, planer dans les courants aériens. Ces goélands leur donnaient surtout l'occasion de poursuivre leur conversation à l'écart des autres. Haruo jetait tout le temps des regards alentour, entre les créneaux du corail, car l'atoll n'était pas grand et quelqu'un risquait à tout moment de surgir.

Haruo et Tô étaient transformés par l'exil. C'était comme s'ils ne se reconnaissaient plus tout à fait. Il leur fallait la perspective des rizières, le déroulement des tâches quotidiennes. Haruo avait perdu les nuits de la lagune, la splendeur de Tô endormie, le soupir de l'eau, la peur et le désir. Le silence, l'errance et la contemplation. Même

Oryui devenait une improbable fable. Il ne ressentait plus l'effroi, la jalousie, la stupeur, les hallucinations, l'odeur des buffles et des marais. L'atoll était sans musc.

C'était une flétrissure qui tombait sur eux dans la suspension du désir. Une vacuité qui n'était occupée que par des moments laids, se nourrir en attendant son tour. Sans joie. Une apathie s'était emparée des habitants de Kô fanés, décolorés, confondus dans la même masse appauvrie. Beaucoup allaient prier autour de la statue de Kannon, mais il n'y avait pas de bâtons d'encens, nulle fontaine des ablutions. Aucun décor de grottes anciennes. Les sources manquaient, les bambous, les canaux, les éteules rousses et craquantes. La terre, l'odeur de soufre et d'humus noir, l'angoisse magnifique d'Oru. Ils craignaient que Kannon ne devînt une statue vide, évacuée dans le désert. Leurs prières se faisaient sous l'œil des caméras qu'Hô ne parvenait pas toujours à tenir à distance. Ils auraient voulu se serrer contre le géant, qu'il soit fort, qu'il les guide, qu'il les soutienne dans l'épreuve. Mais Hô non plus ne semblait plus le même. Il lui venait des railleries effrayantes qui auraient glissé sur eux dans le décor familier de l'île. Ils ne comprenaient pas sa guerre avec ce journaliste qu'ils détestaient autant que lui mais qu'ils préféraient ne pas provoquer. Ils découvraient que le très saint était un homme imprévisible, que sa bonté pouvait être dure. Tous flottaient dans un monde plat et creux. Il n'y avait plus de relief, de contours. Il n'y avait pas de chemin. On n'allait nulle part, toujours.

Tô regardait Haruo avec douceur et ses yeux exprimaient cette détresse sans ressort. Il se sentait sapé par cette vague de néant. Il lui prit la main qu'elle serra entre les siennes, ils tombèrent dans les bras l'un de l'autre et s'étreignirent en sanglotant. Mais le corps de Tô enfoui contre sa poitrine, le contact de ses cheveux noirs ne procuraient à Haruo ni la paix ni la volupté désirées. Une absence creusait leur étreinte, une hantise parasitaire qui faussait leur conscience, quelque chose d'abstrait qui les empêchait de se saisir et surtout de mêler leurs lèvres. Bientôt, ils virent accourir Satô en compagnie du jeune médecin. Elle poussait des rires aigus. Au moins semblait-elle s'accommoder nerveusement du mal.

La mère d'Haruo fut frappée de faiblesse et d'abattement. Elle, l'incarnation de la vigueur. Ses paupières étaient lourdes, ses joues caves. Elle ne mangeait presque rien. Un matin, elle prit Haruo à part et lui dit qu'elle s'était aperçue de son lien avec la veuve. Le garçon baissa les yeux, soudain glacé.

– Elle est trop vieille pour toi.

– Elle n'a que quatre ans de plus.

Elle évoqua la jolie jeune fille aux manières élégantes qu'avait remarquée Allan :

– N'est-ce pas qu'elle est gracieuse ? Et elle a encore ses parents, leur maison, leurs biens. Tô a perdu les siens et son mari. Il y a du malheur autour d'elle. Et du mystère.

Haruo n'aima pas le mot, y vit une allusion.

– Elle est trop étrange, trop solitaire, isolée dans sa maison lacustre.

– Elle est l'amie de Satô, ses voisins l'aiment beaucoup.

La mère se tut puis porta le coup :

– Pendant deux ans elle a été mariée au pêcheur, c'était l'homme le plus vigoureux de l'île, or elle n'a pas eu d'enfant. Tô est stérile.

Haruo se sentit broyé par sa mère, blessé par le qualificatif qu'elle venait d'employer, tel un verdict. Une bouffée de colère et de haine l'envahit. Mais il voyait le visage défait de sa mère. Il se tut. Il chercha ses mots. Alors il avoua la chose la plus simple :

– J'aime Tô.

Sa mère se rembrunit :

– Tu n'auras pas d'enfants, elle vieillira avec un sentiment d'échec. Tu es incapable de te projeter dans cet avenir sec. Votre amour flétrira. Vous serez flétris et moi je mourrai comme j'ai commencé de mourir ici.

– On retournera sur notre île, maman, ce n'est pas la première éruption de Gû, même si c'est la plus lourde de conséquences pour nous.

– Et tu la retrouveras dans sa cabane vide !

– On la remplira de notre amour.

– Tu ne lui as même pas déclaré ce fameux amour, je te connais, je t'observe depuis des années, je suis sûre que tu ne lui as rien dit ! Si cela se trouve, elle en aime un autre en secret, tiens, l'étranger ! C'est une étrangère, elle irait bien avec le type. Elle est anormale comme lui !

– Tais-toi ! Je l'aime, je lui dirai ce soir.

– Tu n'as pas le droit de venir ici, la nuit, chez les femmes, quand la mer haute sépare les atolls et les tentes. Ce n'est pas la peine de semer le trouble. La vie est assez difficile comme ça !

Haruo attendit la nuit. En nageant il passa d'un atoll à l'autre. Il se glissa sur le rivage. La mer battait le sable et les cailloux. Il eut la nostalgie de la lagune et de la maison de l'amour. Un frisson sacré descendait alors sur les eaux. Tô était nue dans sa chevelure noire. Haruo savait qu'il ne retrouverait jamais plus le mélange de désir et de souffrance dont il jouissait lors. Il se tenait indéfiniment au bord d'un paradis impossible. C'était la définition même de l'adolescence. Il était enveloppé de la présence la plus dense. L'île était bombée de forces tendres et voluptueuses. La pieuvre ouvrait dans son sein un précipice d'effroi qui le happait. Il regrettait ses épouvantes, ses révoltes, et l'envoûtement dont elles le berçaient.

Les tentes s'alignaient en retrait de la plage sur une bande de terres à peine plus hautes. Il connaissait celle qu'occupait Tô avec Satô et d'autres femmes. Un groupe électrogène diffusait une lumière parcimonieuse et il pouvait distinguer les silhouettes et entendre les conversations. Il ne savait comment prévenir Tô et l'entraîner dehors. Il s'embusqua derrière un talus piqué d'arbustes rabougris. Il retrouvait les sensations amoureuses de l'attente, où il y avait de l'impatience, de l'angoisse et de la fatalité. L'âme traversait une multitude d'états contrastés. Il eût attendu Tô toute la vie dans une fascinante soumission à la nuit, à la lune, aux pulsations de l'eau. Mais le décor n'était plus celui de Naoya et son caractère rugueux et profane le disposait à agir.

Satô et Tô, comme elles avaient coutume de le faire, sortirent un moment pour échapper à la promiscuité des autres femmes. Elles marchèrent un peu vers le rivage. Il ne voulait pas être vu par Satô. Mais la présence de Tô à ses côtés n'empêcha pas le jeune médecin d'approcher de sa nouvelle amante. Bientôt, le couple se sépara de Tô qui revint vers la tente. Alors Haruo jaillit des ténèbres. Il prit sa main et ils s'enfuirent sur l'autre rive de l'atoll où les troncs des cocotiers fusaient en dessinant des arceaux au-dessus du rivage. Mais il n'y avait pas d'obstacle pour se cacher. Ils trouvèrent cependant refuge au fond d'une cuve de sable qui séparait deux arbres.

Immédiatement, les mots tus depuis l'enfance sortirent de sa bouche, un « je t'aime » d'une telle gravité, d'une telle intensité que Tô répondit avec la même force qu'elle l'aimait, elle aussi, depuis longtemps, depuis la nuit du grand tremblement. Quand soudain réveillée dans sa maison béante elle vit son visage dans une bourrasque de lumière lunaire. Ce visage était d'une extraordinaire beauté juvénile et aveuglée.

Il lui parla de sa stupeur. Elle se souvenait de son corps soulevé de sa couche par le bras d'Haruo. Elle avait senti alors l'odeur de sa sueur et la convulsion de ses muscles arqués sur sa chair.

Ils se turent. Elle lui prit la main. Un bruit les alerta soudain, un grognement multiple. La grande coche avait surgi des ténèbres dans la guirlande des pourceaux. Elle se fourrait dans les jambes d'Haruo, le groin tendu. Son corps gras débordait sur lui. Et les cochons déferlèrent sur Tô qui pouffait de rire. Haruo était écrasé sous la tendresse boulimique de la coche poilue dont les tétons gigotaient. Il tentait de repousser la bête qui fouinait dans son odeur, débusquait d'ineffables fragrances sous ses aisselles et dans son entrejambe. Il se débattait, tapait sur la couenne de la coche amoureuse qui paraissait enivrée de lui. Elle finit par s'écarter mais, au lieu de s'éloigner tout à fait, elle se coucha à quelques mètres d'eux dans la veulerie enjouée de ses petits qui n'arrêtaient pas de remuer et de couiner. La coche poussa soudain un grand soupir tel un râle.

Haruo et Tô furent obligés de déguerpir mais elle se mit à les suivre. Tô riait franchement, à l'inverse d'Haruo qui était dépité par le ridicule de la situation. Il se tournait brusquement vers la coche, la chargeait en rageant. Tous les pourceaux refluaient dans un charivari glapissant tandis que leur mère curieuse assistait à l'assaut, frémissante de volupté. Car la colère d'Haruo le rendait plus beau encore.

Sur la plage, ensuite, ils entendirent Satô. C'était une série de cris et de rires et des espèces de grelottements haletés dont la teneur ne faisait aucun doute. Tô baissa les yeux puis les releva pour jeter un regard d'une vigilance perplexe sur Haruo qui avait détourné le visage.

Ils ne savaient plus se parler. On entendait encore la sérénade de Satô. Haruo était dans l'impossibilité de serrer Tô dans ses bras. Elle lui coulait toujours de vifs regards attentifs. Car elle le découvrait, le dévoilait. Sa pudeur l'amusait, la troublait. S'il l'avait contemplée, à ce moment-là, il aurait saisi l'éclair de son désir dans le fracas de la mer, les bouffées d'air chaud, chargées d'une odeur d'algues inconnues dans la marée nocturne. Ils titubaient sur le sable. Elle sentait le musc de sa sueur. Haruo ruisselait, tant sa tension intérieure s'était exaspérée, sa frustration.

Des voix montaient des tentes. Personne ne dormait. Quand ils se quittèrent, elle le saisit aux épaules et l'embrassa. Soudain il reçut le délice de sa langue entre ses lèvres béantes.

Sur l'écran de télévision, on voyait que le volcan ne crachait plus ses bouillons de cendres. Les volcanologues étaient prudents. Ils avaient réussi à disposer autour du cône une quantité d'appareils de mesure. Bientôt les villageois s'aperçurent qu'on ne parlait plus de leur malheur. Les images faisaient se succéder d'autres désastres de toutes sortes. Une chaîne intarissable de crises, de tueries, de boucheries collectives, d'inondations formidables qui effaçaient complètement le souvenir de leurs morts et de leur île perdue.

Ils regrettaient les images qui avaient suscité en eux une curiosité morbide. Le spectacle de leur île exhibée les dépossédait mais ils avaient fini par jouir de cette dilapidation qui les avait plongés dans un mélange d'égarement et de fascination. Ils préféraient tout de même ce nouveau silence qui les recouvrait, rendait Naoya à sa lagune, à sa montagne, à sa forêt, à ses terribles blessures.

On ne pouvait rien faire pour le village englouti. La couche de cendres et de pierres était trop épaisse pour qu'on songe à dégager les ruines de paille volatilisée et les corps momifiés ou dissous.

Hô fut délégué avec un groupe de moines et d'habitants sur le lieu de la disparition. Il y eut des prières et l'on dressa des stèles de bois dans les interstices du tuf. Cela donnait, sur un fond bitumineux, une forêt de longues perches claires gravées de noms.

Les jours passèrent et une institutrice débarqua pour prendre en charge l'éducation des enfants. Hô et quelques moines à peine lettrés ne leur apprenaient que les rudiments quand les travaux des champs le permettaient. L'institutrice était une grande femme maigre, résolue, combative, d'une pâleur nerveuse. Elle réunit les enfants dehors devant un tableau dressé. Les yeux écarquillés, ils voyaient cette espèce de spectre dessiner des caractères dont elle leur faisait répéter la prononciation. Ils y prirent goût tout de suite et ce fut un concert enthousiaste de voix scandées répétant les mêmes refrains.

Allan qui passait par là ironisa :

– C'est le grand air de la science. Les pauvres minets, pour ce que cela va leur donner !

Satô protestait car elle avait décidé de profiter, elle aussi, des leçons, assise un peu en arrière des enfants. D'autres femmes et quelques hommes ânonnaient les mots et les phrases comme des gâteux.

Allan y allait d'une nouvelle dérision qu'il glissait dans l'oreille même du grand Hô :

– Avec ça et les litanies bouddhiques on dresse un peuple au savoir et on le courbe militairement !

Hô lui répliqua dans un roucoulement :

– Lâche les litanies bouddhiques s'il te plaît. Si tu crois qu'on me plie ! Quant au savoir, tu en regorges, et, hélas ! je ne crois pas que cela t'ait ratatiné.

L'institutrice emmena ensuite les enfants se baigner, elle donnait une éducation complète. Les hommes furent étonnés de découvrir, sous la gangue de l'apparence ingrate, un corps plus mince que maigre, élancé, sportif, doté d'une paire de seins piriformes et conquérants.

Toute la journée, l'institutrice renouvelait les activités et c'était un spectacle vivifiant qui attirait la grande coche et sa bande de pourceaux intéressés par tout ce remue-ménage électrique. Alors, l'institutrice désignait la truie et ses petits et dispensait sur le vif un cours sur les mammifères, leurs organes, leurs mœurs, leur reproduction, le bienfaits du cochon, en particulier, qui prodiguait des ressources de nourriture intarissables et n'était pas l'animal sale et vautré dont on avait souillé la réputation dans les villes. Les enfants émerveillés regardaient la coche avec respect.

Tous les villageois couvaient la truie des yeux, car c'était la part la plus vivante de l'île qui leur restait, crottée de sable et de varech, tachetée d'une forêt de poils, maculée de nuages roses, piquetée d'épis, tendant son groin aux deux cratères fumants, dans les remous fluides de sa progéniture, pissant le lait dans leur gorge, roulant, tanguant telle la barque d'Osamu, elle puait délicieusement, haletait, grognait, se roulait, galopait, chiait, rotait, râlait de plaisir. Moins noire qu'Oru, aussi ardente que Gû, houleuse comme la mer de Mâ, profonde comme les cavernes, elle cachait sous son aspect goguenard et paillard une rivière de secrets.

Osamu avait réparé sa barque que le navire qui l'avait recueilli avait ramenée avec lui. Il était sorti en mer à la tombée de la nuit, car il avait observé, au large de l'atoll des hommes, des nuées crépusculaires de grands fous qui piquaient dans l'eau telle une pluie de foudres. Transformés en torpilles perforant l'eau, ils attrapaient des tas de poissons. Le lendemain, Osamu toisa Satô et lui dit :

– La chose immense m'est apparue cette nuit. Après la curée des grands fous, j'allais me mettre à la pêche quand j'ai vu émerger le continent de la chose, éclairé par son rayonnant soleil. Du coup, je n'ai plus songé à pêcher le moindre poisson tant je ne voulais rien perdre de ce que je voyais.

– Tu es encore plus fou que les fous, s'écria Satô, au moins, ces oiseaux pêchent ! On l'attendait ton poisson frais et tu nous ramènes un mirage !

Satô fit examiner son mari par son amant médecin. En présence du très saint Hô, pour un complément de spiritualité.

– Qu'as-tu donc vu ? demanda le médecin avec une douceur de psychologue averti.

– J'ai vu la chose immense.

On savait qu'Osamu ne pouvait plus décoller de cette évidence.

– Qu'est-ce qui est si immense dans le spectacle de cette chose ?

– Ce n'est pas un spectacle, ce n'est pas ta télévision, protesta Osamu en désignant l'écran qui occupait le fond de la tente.

– Alors, explique-moi ta vision.

– Ce n'est pas une vision !

– C'est quoi, Osamu ? demanda humblement l'amant de Satô.

– C'est le réel.

– Oui, mais décris-le-moi…

– On ne peut pas décrire le réel à ce point-là.

– C'est un peu contradictoire, Osamu, car le réel est justement ce qui se peut caractériser, qualifier.

– Non, pas le réel réel !

– Tu ne peux rien en dire, mais tu parles d'immensité, de continent, de soleil…

– Ce ne sont que des reflets dans le langage qui n'approchent pas de la chose.

Satô qui écoutait avec Allan derrière la tente marmotta :

– Tu as vu comment il parle, maintenant ! Où va-t-il chercher ses mots ? Je le connais bien, mon Osamu, jamais il n'a employé de tels mots !

Allan raillait :

– La chose immense est l'institutrice qu'il a rencontrée sur la mer !

A l'intérieur, le médecin capitula et fit signe au saint d'essayer à son tour. Mais ce dernier acceptait le réel d'Osamu. Et il s'en alla sans lui poser de questions.

Tô était assise loin de la tente, elle regardait la mer dont le volume rayé d'orange noircissait lentement dans le vent du soir. Elle vit soudain la haute silhouette dressée et reconnut la mère.

– Il faut renoncer à mon fils. Tu es trop vieille pour lui, tu as connu le pêcheur, tu sais trop de choses qu'il ignore. Il lui faut une épouse naïve comme lui.

Tô fut d'abord saisie de stupeur, puis elle répondit :

– C'est à lui de décider.

– Le fils ne décide jamais sans sa mère.

– Sans son père...

– Son père n'est pas un homme de volonté.

– Je n'exerce sur Haruo aucune pression...

– Il a trop erré autour de ta maison au cours de ses insomnies que j'observais. Il ne pouvait te rejoindre. Il le sentait. Maintenant c'est trop tard. Il faut qu'il sorte de cette illusion de l'adolescence. Il faut qu'il grandisse. Il ne le peut pas dans la fascination où tu le plonges.

– C'est tout de même à lui d'en juger... Lui aussi me fascine.

– Sa jeune chair t'attire, sa beauté pure. Tu connais l'amour, tu n'es pas comme lui.

– Quand nous serons de retour sur l'île, je ne pourrai pas interdire à Haruo d'entrer dans ma maison. Je n'en aurai ni la force ni le désir.

– Tu n'as pas eu d'enfant du pêcheur, tu es stérile.

Tô fut assommée par cette déclaration brutale. Elle réfréna un flot de larmes de honte et réussit à protester :

– Qui te dit que le pêcheur était un amant assidu et fécond ?

– C'était le plus vigoureux de l'île.

– Je parlais de son désir dont tu ne sais rien.

– Je sais que je veux que mon fils ait des enfants, je ne veux pas que la chaîne se rompe à cause de toi, de ta beauté qui le hante. Je ne veux plus d'un fils hanté. Je veux que sa vie commence. Tu ne seras pas bonne pour lui, tu es anormale et solitaire et cela répandra sur lui une stupeur fatale.

– C'est toi qui es malade actuellement et très mélancolique et vois tout en noir.

– C'est à cause de toi. Il faut renoncer à mon fils.

– C'est à lui de renoncer à moi s'il le veut. C'est à lui de me dire qu'il renonce.

La mère s'en alla en répétant, froidement :

– Car tu es stérile.

Tô rejoignit l'atoll des hommes. Elle passa par le gué qui était submergé par les vagues, l'eau lui arrivait aux reins. Haruo qui errait le long du rivage la vit courir sur la plage. Elle lui raconta tout en sanglotant. Il était rempli de rage et de honte. Il maudissait les mots de sa mère. Tô lui dit :

– Peut-être que je suis stérile.

– C'est toi que j'aime, je ne peux pas aimer des enfants que je ne connais pas. C'est toi que je vois, que je connais. Le reste n'existe pas.

Haruo se dressa soudain. Elle vit qu'il voulait demander sur-le-champ des comptes à sa mère. Elle lui barra le chemin et lui dit :

– Il faut aller voir Hô qui nous aime. C'est lui qui peut parler le mieux à ta mère.

Le très saint entra dans la tente de la mère, toutes les femmes quittèrent les lieux. L'aurore remplissait l'habitacle de rouge, c'était la couleur du bonheur.

– Ils s'aiment. On ne peut pas empêcher cet amour profond.

– Profond ! Qu'en sais-tu !

– J'ai vécu, j'ai parcouru le monde, j'ai appris à connaître les hommes et l'exercice de la méditation a perfectionné ma connaissance. Toi, tu es restée sur cette île, concentrée sur la pensée de ton fils où tu l'enfermes.

– Tu ignores tout des sentiments d'une mère ou d'un père. Ta science est abstraite.

– Je connais Haruo et Tô de la science la plus concrète.

– Tu n'as pas à décider à la place de la mère. Tu n'es pas un exemple si parfait, si convaincant !

Hô fut surpris par la clarté de l'attaque, l'audace de la mère. On n'osait affronter avec violence le moine géant.

– Vide ton sac... Allez !

– Ce n'est pas à toi de donner des leçons. Tu peins au

lieu d'être prêtre. Ton rire dissout les frontières du bien et du mal. Tu es gourmand et sensuel. Tu t'affiches avec le préféré. Tu as perdu le fil de la règle. Dans aucun autre monastère de l'île mère on ne tolérerait tes lubies. Tes impertinences, tes insolences, tes toquades. Tu pratiques un bouddhisme qui se fourvoie dans les circonstances du monde, sa crudité. Tu médites quand cela te chante. Tu es un vieil original qui n'en fait qu'à sa tête. J'ai vu, l'autre jour, sur l'écran de la télévision, des moines dans un temple. Ils vivaient dans la règle et l'humilité. Leur temps était dévoué à la méditation et à l'étude des textes. Toi, tu fais de la peinture et te roules dans les sources chaudes !

Hô mesurait l'ampleur de la récrimination mais il ne se laissa pas décontenancer. Il admirait la vigueur de la mère pour garder son fils.

– C'est une vieille tradition qu'un moine qui peint, tu sembles l'ignorer. C'est dans le monde que le bouddhiste peut appliquer ses principes, dans les circonstances triviales de la réalité. La règle varie d'un temple à l'autre, les doctrines diffèrent. La grande île mère comporte mille façons de procéder et je ne te parle que de la diversité de l'Asie que j'ai visitée... Peut-être qu'éloigné de tout sur cette île close ai-je laissé un peu aller les choses. Mais c'était épouser la loi du monde, sa mélodie profonde... De toute façon, je pratique la voie du juste milieu.

– Etant donné l'étendue de tes écarts et de tes excès, ton juste milieu s'égare !

Hô se tut un moment, puis il reprit :

– Moi, il me semble que tu souffres et que l'objet de ta souffrance est imaginaire. Tô et Haruo sont d'une beauté et d'une bonté incomparables. Ils ont vécu une expérience d'une violence inouïe. Ils ont tenu dans la tempête.

– Tu parles de la passion avec exagération pour un moine !

– Ce n'est pas tout à fait de leur passion que je parle mais de leur expérience.

– Je ne comprends pas, tu fais des mystères et des phrases aussi absurdes qu'Osamu et sa chose immense.

– Le monde est une immense chose dont tu ne peux entraver le cours.

– C'est elle qui l'entrave, cette fille est stérile.

– Quand bien serait-ce ! Cela ne l'exclut pas de l'humanité et de l'amour. Mais on peut tout aussi bien accuser le pêcheur.

– C'était l'homme le plus vigoureux de l'île.

– Après tout, tu n'as fait qu'un seul enfant avec ton mari, c'est beaucoup moins que la truie !

– Tu me compares à la fange ! Et tu te moques !

– La doctrine stipule un même respect des bêtes et des hommes, mais je voudrais t'informer de cette chose : je me suis entretenu avec le pêcheur sur le sujet des enfants. Il venait parfois me voir. Il n'était pas celui que tu décris, paix à son souvenir. Mais il ne proclamait pas sa vigueur. Tu sais… Ils vont l'un vers l'autre et leur chemin est d'une beauté profonde. Prie pour leur bonheur plutôt que de te crisper dans la douleur. Je crois que nous pourrons bientôt rejoindre notre île. Nous allons quitter le désert et la déchéance. Haruo et Tô sont la jeunesse du nouveau monde. Toi, la mère, tu devrais être heureuse et fière. Viens me voir, j'aime discuter avec toi. J'aime la mère d'Haruo.

Ils abordèrent sur leur terre après de longes semaines d'exil. D'abord Kannon, puis les villageois, les moines, la truie et ses pourceaux.

Un vulcanologue et son assistant restaient sur place pour le moment et contrôlaient le volcan sur leurs appareils et leurs écrans. Car il y avait eu une faille dans le système de surveillance à distance.

Le premier acte des villageois fut d'honorer les disparus sous la chape de tuf et de ponce, hérissée de stèles de bois clair. Les moines dirent les prières devant la morne plaque qui s'étendait jusqu'à l'intérieur de la mer qu'elle perçait d'une petite île bossue…

Ils retrouvèrent leur bétail amaigri ou mort, éparpillé dans les champs. Les rizières abandonnées devaient être secourues sans plus tarder, nettoyées, sarclées, labourées. Les diguettes restaurées. Car la terre n'était plus qu'un fouillis d'herbes et d'épis sauvages.

Certains souffraient d'un décalage, presque d'irréalité. Les images qu'ils avaient vues sur les écrans, pendant l'exil, dédoublaient leur perception de l'île. Comme si cette terre ne leur appartenait plus tout à fait, qu'elle était encore livrée aux regards étrangers. L'île leur semblait avoir perdu sa substance secrète et profonde. Mais la nécessité du travail, l'acharnement régulier des tâches les renouaient à la texture de Naoya, à sa résistance. Ils retrouvaient son ossature, sa moelle et son sang.

Dès qu'il put se libérer, Haruo voulut vérifier un pressentiment. Il s'enfonça dans la forêt d'Oru sans passer par le campement où Allan était revenu faire le décompte des dégâts et des espèces décimées.

Enfoui dans les profondeurs végétales, il fut assailli par une vague de liberté et de bonheur. Il n'avait plus connu pareille solitude depuis si longtemps. Il s'arrêtait, écoutait et reconnaissait le tapage des oiseaux et des singes. Mais en s'approchant des secrètes rivières, il traversa des zones brûlées, il escalada des coulées de cendres et des surfaces lapidées. Une tuyauterie d'arbres calcinés tenait debout sur des socles bitumineux.

Il accéléra le pas en approchant des lieux... L'eau avait été détournée de son cours par des chutes de pierres et de poussières volcaniques qui avaient dû s'effectuer en amont. Mais il retrouva la rivière. L'ancien lit restait visible et, soudain, il découvrit le trou dans le roc. La sculpture du prince et de la concubine avait été découpée, volée. Allan, profitant de la confusion, l'avait fait emporter par un des hélicoptères qui l'amenaient sur le sol de ses missions. Haruo regardait la plaie béante dans ce lit que ne baignait plus le ruissellement des eaux et que les lianes commençaient d'envahir. Allan avait vidé les entrailles de l'île de sa progéniture la plus sacrée. Au moment où Naoya souffrait du fléau, lacérée, bombardée, vitrifiée, il avait osé ajouter à la destruction en portant la main sur son monument le plus doux, le plus ancien. Sur la preuve et l'emblème d'une époque légendaire qui approfondissait indéfiniment le temps et la mémoire. Il avait atteint l'âme la plus silencieuse de l'île.

Haruo, blessé et furieux, déboula dans le campement. Allan sortit de sa tente.

– Qu'as-tu fait du prince et de la concubine ?

Allan n'hésita pas à répondre :

– Je les ai sauvegardés. Tu sais que très tôt, j'ai obtenu le privilège de revenir sur l'île avec les militaires et les scientifiques. L'activité du volcan était encore dangereuse. Alors j'ai fait extraire la sculpture pour la sauver.

– Où se trouve-t-elle ?

– Sur l'île mère...

– Ou chez tes amis, tes commanditaires ! Comme le reste ! Je vais te dénoncer.

– A qui ?

– Aux militaires.

– Eux, ils trafiquent pour de bon !

– Aux scientifiques et aux autorités. Tu es un salaud de pillard.

– J'ai sauvé le patrimoine ! Plutôt que de te lancer dans un si improbable procès, tu ferais mieux de t'occuper de ta mère et de cette veuve !...

– Tais-toi !

– Je n'ai rien dit, je ne parle que de tes priorités.

– Je veux que tu partes, que tu quittes définitivement cette île que tu souilles !

– Le mot est fort, il est moral et dérisoire...

– Je te tuerai si tu ne pars pas.

– C'est de mieux en mieux ! Tu es beau dans la colère avec tes muscles acérés comme des couteaux.

– Je vais te dénoncer, tu seras obligé de partir, Hô témoignera contre toi ainsi que tous les villageois qui te détestent.

Allan s'était assis sur une branche du banian, il écoutait Haruo en gardant son calme.

– Moi, je t'aime vraiment, Haruo, je ne cherche pas à te nuire.

– C'est un faux amour.

– Il est difficile de percer la vérité d'un amour !

– Ne m'embrouille pas ! Si tu ne pars pas, je te tue. Ta violence m'a humilié, tes actes, tes abus sournois, tes manipulations... Je t'ai haï, et tes rapines m'ont inspiré du mépris.

– Oui, mais tu es toujours revenu me voir, tu n'étais pas rempli que de haine à mon égard. Sois lucide.

– Je ne peux pas commencer ici une nouvelle vie en sachant que tu es là.

– En sachant que je te vois... Tu ne veux pas que j'aille, la nuit, rôder autour de l'îlot des murènes. Dis ! Toi aussi, avec les autres, tous les péquenots, tu as vu cette pieuvre que Hô, dans sa grande désinvolture, a baptisée la pieuvre Oryui... Hein ! Tu l'as vue, c'est Satô qui me l'a dit et qui m'a décrit la bête.

– Je vais te tuer.

– Et pourquoi donc cette pieuvre t'exciterait donc encore plus à me tuer ! L'as-tu revue Haruo ? Je suis grave. Je trouve que cette histoire est belle et qu'il y a du mystère autour d'elle. Tu sais Diana, mon amante suicidée, s'intéressait aux grands céphalopodes, on savait qu'ils pouvaient vivre du côté des cavernes profondes. Moi, je te l'avoue, je ne l'ai jamais vue. J'aurais tant aimé la surprendre et la contempler. Les impressions de Satô étaient saisissantes. J'attendais que tu m'en parles dès le début, mais étrangement, tu te taisais et mon imagination se déployait en secret. Je crois maintenant que tu l'as revue. C'est une évidence qui me perce en te regardant.

– Je l'ai vue en compagnie des hommes et des femmes du village.

– Je suis sûr qu'elle t'est apparue de nouveau et que cette vision te hantait, j'ai compris ce que tu cherchais sur mon ordinateur, quelles traces ! Car tu étais hanté, Haruo, dévoré par la beauté monstrueuse. Je t'envie de l'avoir contemplée. Je donnerais ma vie pour que tu me dises tout. Raconte-moi la vérité et après, tu me tues, Haruo… Même si je t'aime trop pour te conseiller de le faire, car il te sera difficile ensuite de filer le parfait amour au sein de l'éden retrouvé !…

Allan se tut, il caressait la peau du banian. Puis, sans regarder Haruo, au bout d'un moment, il déclara :

– Tu sais, j'accepte de partir, à une condition…

Haruo gardait le silence.

– Tu ne me demandes pas laquelle ?

Haruo restait de glace.

– Tu vois, Haruo, il suffirait que nous allions nous baigner nus dans les sources. Et que tu me laisses la liberté des caresses. Car c'est une authentique hantise pour moi. Aussi forte que ce mystère de la pieuvre, c'est une tentation monstrueuse et douce, de la même nature, peut-être... La jouissance d'Oryui !

Haruo, d'un bond, se jeta sur Allan et l'assomma d'une grêle de coups de poing. Allan n'avait même pas tenté d'esquiver la charge.

Haruo restait là, bras ballants. Il n'avait pas le courage de tuer. Il se saisit des cordes et du harnais dont se servait Allan pour grimper dans la canopée et il le ligota. La tête d'Allan pendait toujours sur sa poitrine, sa lèvre ouverte pissait le sang. Soudain, Haruo pensa qu'il fallait prévenir Hô. Il s'élança sur le chemin, puis s'arrêta au bout d'un moment. Il n'était pas prêt à expliquer au moine toutes les raisons de sa colère. Il voulait le silence autour de cette affaire, qu'aucune conscience n'y songe en dehors de lui-même. Alors il fit volte-face et revint à l'intérieur du campement.

Un homme se dressait sous le banian. Le cou d'Allan était étranglé par la corde nouée. L'homme se taisait. Il avait de longs cheveux sauvages et était vêtu de peau de cerf. C'était le solitaire.

Il fit signe à Haruo, ils libérèrent le corps et le solitaire lui indiqua sans un mot qu'il fallait le transporter à l'intérieur de la forêt. Chacun à une extrémité du cadavre. Ce fut une longue course dont le solitaire connaissait tous les jalons compliqués et les passages. Il n'ignorait sans doute rien des exactions d'Allan, du vol de la pierre sculptée. Il avait agi pour les mêmes raisons qu'Haruo, peut-être qu'il en savait plus que lui. Haruo haletait. Il portait les jambes d'Allan et, de temps à autre, jetait un regard vers la tête ballante presque entre les bras du solitaire. La crinière dorée d'Allan. Sa mâchoire molle et ses yeux mous.

Ils s'arrêtèrent plusieurs fois. Le solitaire restait muet. Il avait des yeux très noirs, dénués de violence. Sur le parcours il était d'une vigilance et d'une souplesse extrêmes. Mais il savait prendre du repos dans les pauses. Ils burent dans les secrètes rivières criblées de ponces. Entre les fougères brûlées que perçaient de nouvelles vrilles vertes.

Ils arrivèrent dans l'épaisseur du marais dévoré de nappes de cendres. Alors, au pied d'un arbre fossilisé, Haruo qui s'était écarté du chemin pour pisser vit une forme moulée dans la ponce. Haruo se pencha, c'était un crâne bosselé de félin, l'incurvation d'un squelette mince qui affleurait tel un fantôme. Il alla chercher le solitaire et lui demanda s'il s'agissait de la dernière panthère de Naoya. Le solitaire le regarda un instant, perplexe, puis il partit.

Haruo fixa des yeux la face morte d'Allan qui n'avait sans doute rien vu, ni la panthère ni la pieuvre. En proie au désir et à la convoitise, finalement, il avait rêvé le monde.

Le solitaire savait où ils se dirigeaient. Il s'arrêta devant une grande fondrière. Ils y balancèrent le corps. Puis le solitaire entreprit avec l'aide d'Haruo de soulever une dalle de tuf grisâtre qu'ils réussirent à faire glisser à l'endroit où le corps avait disparu.

Haruo et le solitaire se regardèrent. Un léger sourire éclaira le visage maigre de l'inconnu mangé par la barbe. Il mit la main sur l'épaule du garçon et lui tourna le dos pour partir. Il était déjà entré dans la masse des roseaux qu'Haruo entendit une sorte de beuglement. Et dans une brèche du marais, il vit le solitaire caresser le cou, le flanc rond et noir de la bufflonne.

Il eut besoin de raconter à Hô la mort d'Allan, ses manipulations, ses pillages et l'apparition du solitaire, l'acte décisif qu'il avait accompli. Il lui fallait partager le secret.

Hô mesurait l'émotion d'Haruo. Il connaissait le lien trouble qui l'unissait à l'étranger… Ils se turent. Puis Hô lui servit de l'eau pure qu'ils burent dans la chambre de la pose tout aérée et claire. Le ruissellement du roseau calmait Haruo. Ainsi que l'approbation de Hô. Au bout d'un moment, ce dernier déclara qu'il serait impossible de retrouver la trace du mort dans l'entrelacs et les profondeurs du marais. En outre, l'organe plutôt marginal dont dépendait Allan, qui, sous ce couvert plus ou moins scientifique, devait sans doute commanditer aussi ses rapines, ne déploierait guère de zèle pour le dénicher.

Hô était surtout émerveillé par ce surgissement du solitaire. Il observa un long silence rêveur. Et il déclara :

– Avoir survécu ainsi dans l'absolue solitude et la compagnie de l'eau et de la terre est une chose immense.

La nuit était venue dans la maison de Tô. Ses longs doigts caressaient le torse et le ventre de son amant. Sa chevelure pleuvait sur lui, ses yeux noirs, sa peau, les pointes gonflées de ses seins, sa blancheur très douce.

La verge d'Haruo s'enfonça entre les grandes lèvres de Tô. Dans le velours de Tô. Il fut saisi, stupéfié de félicité. Il ne bougeait plus dans le fourreau de Tô. Sa respiration était rapide et profonde tel le halètement marin.

La grosse veine d'Haruo battait dans le sang de Tô.

A la fois, il plongeait dans la forêt d'Oru, dans le feu de Gû et dans la mer de Mâ, c'étaient les tourbillons des secrètes rivières et des cavernes chaudes.

Il avait envie de crier mais il se serait dissous dans son cri. Il ne pouvait pas penser mais il savait qu'il était dans le corps de son amour. Et cette sensation accélérait son cœur plus vivement encore d'incrédulité et de bonheur.

Tô s'épanouissait dans l'étreinte d'Haruo dont les reins bougeaient à peine. Haruo se pâmait d'être avalé dans la bouche ruisselante entre les longues cuisses blanches. Il gémissait comme une femme heureuse dans un bruissement d'épis. Tô écarquillait ses grandes prunelles noires à l'écoute de la vague dorée qui, à son tour, l'engloutissait. Alors ses yeux se fermèrent, blancs de volupté. Tô rayonnait.

Presque immobiles, ils baignaient l'un dans l'autre. Ils voyageaient dans la profondeur de l'île infinie. Soudain le mouvement monta, déferla le long de leurs reins comme une mer de laves.

Au paroxysme, Haruo eut la vision des seins, des fesses, des cheveux, des rayons de l'anus, de la houle du pubis rebroussé et de toutes les lèvres parfumées de Tô. C'était, en un éclair, la totalité de Tô. Le flot de sa semence jaillit. Il s'évanouit… Quand il se réveilla dans la pieuvre des cheveux noirs, son amante lui souriait avec un doux ravissement.

Du même auteur

La Toison
Gallimard, 1972

La Lisière
Gallimard, 1973
et « Folio », n° 2124

L'Abîme
Gallimard, 1974

Les Flamboyants
Prix Goncourt
Seuil, 1976
et « Points », n° P195

La Diane rousse
Seuil, 1978
et « Points », n° P838

Bertrand Louedin
Bibliothèque des arts, 1980

Le Dernier Viking
Seuil, 1980
et « Points », n° P1210

L'Ombre de la bête
Balland, 1981

Les Forteresses noires
Seuil, 1982
et « Points », n° P839

La Caverne céleste
Seuil, 1984
et « Points Roman », n° R246

Le Paradis des orages
Seuil, 1986
et « Points », n° P24

L'Atelier du peintre
Seuil, 1988
et « Points », n° P420

L'Orgie, la Neige
Seuil, 1990
et « Points Roman », n° R615

Egon Schiele
Éditions Flohic, 1992
rééd. sous le titre de L'Ardent Désir*, Flohic, 1996*

Georges Mathieu
(en collaboration)
Nouvelles Éditions françaises, 1993

L'Arbre-Piège
Seuil, 1993, « Petit Point », n° PPT57

Les Anges et les Faucons
Seuil, 1994
et « Points », n° P203

Richard Texier
La Différence, 1995
rééd. revue et augmentée 1999

Le Secret de la pierre noire
Nathan, 1995

Le Lien
Seuil, 1996
et « Points », n° P338

Le Tyran éternel
Seuil, 1998
et « Points », n° P620

Les Singes voleurs
Fleurus, 2000

Le Rire du géant
Fleurus, 2000

Le Jour de la fin du monde, une femme se cache
Seuil, 2000
et « Points », n° P837

New York 11206
(en collaboration avec Jean-Yves Le Dorlot
et Tony Soulié)
Éditions du Garde-Temps, 2001

L'Atlantique et les Amants
Seuil, 2002
et « Points », n° P1064

La Joie d'Aurélie
Seuil, 2004
et « Points », n° P1311

Le Nu foudroyé
(en collaboration avec Lucien Clergue
et Gérard Simoën)
Actes Sud, 2004

Les Princes de l'Atlantique
(en collaboration avec François Rousseau)
Fitway, 2005

La Main blessée
Seuil, 2005
et « Points », n° P1847

Tony Soulié – 2000-2005
Art Inprogress Éditions, 2006

Petite Parousie et grande épiphanie de la chair
(en collaboration avec Erro)
CNAC – hors commerce, bibliophilie, 2007

Lumière du rat
Seuil, 2008

Atelier
(en collaboration avec François Rousseau
et Mikael Railsson)
Maison européenne de la photographie,
Éditions Galerie Pierre-Alain Challier, 2009

Les Flamboyants ; Le Paradis des orages ;
L'Orgie, la Neige
« Opus », Seuil, 2010

Le Seuil s'engage pour la protection de l'environnement

Ce livre a été imprimé chez un imprimeur labellisé Imprim'Vert, marque créée en partenariat avec l'Agence de l'Eau, l'ADEME (Agence de l'Environnement et de la Maîtrise de l'Énergie) et l'UNIC (Union Nationale de l'Imprimerie et de la Communication).

La marque Imprim'Vert apporte trois garanties essentielles :

- la suppression totale de l'utilisation de produits toxiques ;
- la sécurisation des stockages de produits et de déchets dangereux ;
- la collecte et le traitement des produits dangereux.

RÉALISATION : PAO ÉDITIONS DU SEUIL
IMPRESSION : NORMANDIE ROTO S.A.S. À LONRAI
DÉPÔT LÉGAL : JANVIER 2010. N° 100019 (094149)
Imprimé en France